U0074567

彼岸童話

A.Z.

——著——

目次

獨白（一）

鏗、鏗、鏗！

我拿著冰鑿，一下下的敲著這厚厚的冰牆，無奈冰牆除了掉下一些碎屑之外，其他毫無動靜。

我在這裡敲了多久了？很久了吧，雙手都被凍傷又僵硬得快失去知覺，這種時候，我只能停下來休息，然後隔著冰牆看著外頭模糊的風景。

外頭是什麼樣的世界我早已不記得，我似乎已經把自己困在這裡很久很久了，就好像我從出生開始就在這。

每當有人經過時，我會拚命大喊、用力地拍著冰牆。偶爾，會有些好奇的人停下來，和我隔著一道冰互看，或者和我說上兩句話。

「嘿，妳在這不無聊嗎？出來吧。」

「我出不來。」

「是嗎？那再見。」

大部分都是這樣的對話，每個人來了又走，沒有一個人是真心想要幫助我的。

「放棄吧！那些人都不可能真心對妳，只有我會可憐妳而已。」看起來像是住在附近的女孩，經常會跑來我這裡，就算是隔著冰牆，但她說話的聲音總能很清楚地傳進來。

她很喜歡分享她又去做了什麼好玩的事，看見有人來找我又走掉時，她會特別開心。因為這又更證明了她，是唯一不會丟下我的人。

曾經，有個女人說，這冰牆是我自己建造的，只是等我察覺時，冰牆早已厚到我想逃也逃不走。

女孩把那個女人趕走了，她說我這裡不需要那種只會講道理的人存在，她說，我只需要當她專屬的垃圾桶就可以了，並且要我心存感激，因為除了她以外，沒人會永遠不丟下我。

——「我來救妳吧。」

有一天，一個男人這麼說，我看不清楚他的臉，只知道他的個子很高、力氣很大，並且帶了很專業的工具來鑿冰。

從那天起，女孩再也沒有出現，取而代之的是男人賣力鑿冰的決心。

真奇怪，一旦有人認真想要救我的時候，我卻害怕起來。我背靠著冰牆，聽著他努力不懈地敲著，即使他一句話都沒再和我聊過，但我可以從他這份執著裡，感受到他的真心。

「妳為什麼始終背對著我？」

「妳為什麼老是不願意正面看我、跟我說話？」

當他偶爾疲憊發出這些疑問時，我依然沒有轉頭，直到那鑿冰的聲音再也累得敲不下去，我才疑惑轉頭，發現他駝著背，相當失落地要走。

「喂……別走、你別走啊，你不是要救我嗎？我在這，我還在這……」

男人遲疑了腳步，他回頭看著我，接著，像是有誰呼喚他，他還是走了。

並且，再也沒回來過。

「真傻呢。」女孩又出現了。「世界上哪會有這種男人呢，莫名奇妙付出一切要救妳？妳以為自己是高塔裡的公主嗎？」

「……」

「我才是公主，所以王子也會是我的。」她笑了，第一次她笑得這麼燦爛又刺眼，即使隔著冰牆，眼睛也刺眼得睜不開。

「快走吧。」男人的聲音在不遠處叫著她。

我看見，他們一起幸福地牽著手走了，冰牆內的世界彷彿又下降了好幾度，我無力舉起早就變鈍的冰鑿，往牆面敲了幾下。

「誰能，救救我……」沙啞的聲音無法傳到任何人的心裡，我的世界又只剩下不變的鏗鏗聲，那曾經曇花一現的曙光消失後，世界彷彿更加寒冷了。

滴答。

即使是變鈍的冰鑿，也能在肌膚上戳破一個洞。

鮮紅的血滴落在冰上，變得很美，就像開在冰雪裡的玫瑰，鮮豔又扭曲。我忽然有一種，想用全部的血染紅這片牆的衝動。

也許只有溫熱的血液，才能徹底融化這困了我好久的世界，能讓我有機會去告訴王子：「我也是公主，我把自己救出來了。所以，看見我吧，好好地再看看我吧。」

錢元男（34）Ⅰ，房東的兒子。

「你怎麼老是這麼愛管閒事？人家搞不好只是出國，你就在那邊胡亂猜測。」媽媽對我叨念完這千篇一律的話後，就不再搭理我，拿起手機找她的好姐妹聊天，還不忘當著我的面再多損我幾句。

我是大家口中的那種家裡蹲，三十多歲了，失業五年。媽媽對於我一直不積極找工作已經放棄，雖然她經常會講話酸我，但是如果我需要用錢，她一樣會給我，卡照樣給我刷。我知道我這樣很糟糕，有時照鏡子，我也看不起這樣的自己。

現在閒來無事，我會幫忙媽媽的房客們一些簡單的修繕，也會充當管理員，幫忙收收包裹。別看我媽這樣，她可是有三棟房產，加上又只有我一個小孩，或許也是基於會繼承遺產的心態，才導致我對於找工作非常不積極。

平時沒事的時候，我喜歡看書。我的書房收集了上千本推理小說，從柯南・道爾看到克莉絲蒂，再從松本清張看到宮部美幸，各種推理名家的小說我都如數家珍。小說看得多了，也多少累積比常人好的邏輯力，經常能幫房客解決不少問題，日子過起來也挺有趣的，不至於像其他家裡蹲那樣，真的只宅在房間不社交。

偶爾，我會特別注意那些人格有點不一樣的房客，畢竟現在想不開自殺的人多了，若發生什麼事，讓我未來的遺產損值就糟了。不過說是那樣說，我也只跟一起同住的房客比較有來往，另外兩間屋子相對較遠，除非媽媽叫我去修東西，不然我很少過去。

我剛剛才跟媽媽說，三樓的那個女孩子，好像有好幾天沒看見了。她生活那麼規律，總是在固定的時間下班、出門，也似乎沒什麼朋友，一個月只有幾天看她下班後再次出門，有時也很快就回來，手上買了幾袋衣服，有時則出去兩、三個小時，我就知道她是和朋友吃飯去了。

可別說我是變態啊，這都是我幫忙收包裹，和她閒聊過知道的，畢竟我們也沒相差多少歲。

那個女生很可憐，聽說跟家裡的人處得不好，父母重男輕女的緣故，讓她從小在家就像個傭人一樣長大，國中畢業後被逼著要自己處理學費，甚至高二的時候還以要擴建哥哥房間為由，變相地把她趕出去。她一個人靠著學貸和打工，好不容易才畢了業——這些私密的過往當然不是她本人和我說的，都是我媽在租房時問她的，別看我媽這樣，她在挑選房客時，相當謹慎。

算算，她大概也住在我們這五年多的時間，從沒看過她有交往男朋友。明明長得眉目清秀，卻一直單身，雖然跟她聊天，她也都會很親切地回應，但我老覺得她在人跟人之間立了一道牆，充滿了不信任。

還記得去年，她似乎得了很嚴重的流感，高燒到那種程度，也不願坐我的車，硬是自己去看醫生。

我有時很好奇像她這樣孤僻的人，會有朋友嗎？每次看她說要去聚餐，我都會覺得，那會不會是她故意營造的假像，實際上只有自己一個人去吃飯。

我翻找出備用的鑰匙，走過光線有點不足的樓梯間，恰巧還遇見了住在五樓的老伯。

「怎麼了嗎？」開口發問的老伯，是個被子女拋棄，就一直獨居在這的老人，很喜歡打探八卦，好為他那了無生趣的日子裡增添一點新鮮。某種程度上，我和他半斤八兩。

「三樓的房客要我幫她去房間裡看看，她說好像水壺的插頭沒拔，很不安心。」

「那要小心呢！失火了可怎麼辦？」

我應付地笑了笑，快速走上去，直到老伯完全下樓後，才敲了敲門，結果得到的是一片安靜。在這之前，我已經努力嗅了嗅空氣，確保沒有奇怪的異味飄出，至少可以稍微放心一點。

我慢慢轉開喇叭鎖，就怕有什麼畫面太驚悚，把自己嚇個半死。

我終究是倒吸了一口氣，並迅速把門關上，愣愣盯著房間左面的牆看。

上面用著如血一般的口紅寫著：「逼我的妳，小心了，我會去找妳！」

除了驚悚的牆，其他的東西都收得好好的，被子還掀開了一半，就好像剛剛她還睡在這裡。電腦桌上隨意放著一支手機和一封對折一半的信。

我把信攤開來，看著那字跡有些潦草的內容。

好累。

人的一生所追求的都是什麼呢？也許是錢、名譽和地位。可我自始至終，想追求的也只是個容身之處。

這個世界明明大得可以裝下幾十億的人口，可是卻連我能站著的地方都沒有。有時候我希望自己就是一棵樹，能夠擁有一小塊土地好好地扎地生根，就不用像現在這樣活得那麼沒有尊嚴。

而這樣糟糕的我，還是能遇見一個看得見我的人，那該是多麼奇蹟般的相遇啊。本來是這樣的，本來該是這樣的。

可有個人，卻總是像頭野獸，不願放過我。像甩也甩不掉的影子，只要我身邊有任何的光芒出現，它就會狠狠地把光奪走，彷彿我這一生只有活得像個過街老鼠，才配活著。

好累好累，我真的好累。

每一次我總是拚命地在內心裡吶喊，好希望那個拯救了公主的王子，也能順便拯救我，但王子永遠不會屬於我。如果一個人無法先活得像個公主，是沒有資格得到他的注意的。

我就只是隻，老鼠而已。

一隻連最後的生存意志，都被野獸奪走的老鼠。

但如果，我能夠變成厲鬼，是不是，就可以向那些踩著我的人報仇了呢？

尤其是妳，就是妳，我不會放過妳的，我想要看見妳那張囂張的嘴臉，被我嚇得魂不附體、跪地求饒！我會去找妳的，妳等著。

信的內容在最後猶如詛咒般的言語上，潦草得快要辨識不出來。看完這封信，彷彿沾染上信的惡意般，我感到很不舒服、很想吐。

也許，只是這間房間太悶了。

我再瞥了信一眼，發現上面壓著七天前的日期，三月十九日，也就是上禮拜天。

砰咚。

化裝台上的化妝水突然掉到了地上，彷彿頭七的怨靈正盯著我般悚然。

我鎮定了心緒，由於盛采宜的房租是季繳，上個月才繳過，照理說還有兩個月的租期，不確定她人到底去哪之前，我也沒有證據好好和媽說明，而她當初好像也沒留下家人的電話……

對了，手機。

我按了一下她的手機，早就沒電關機，找出充電器插上，這才從通訊錄中查看了她消失前打給誰，只見清單裡充斥著大量完全不同且未儲存的電話，中間偶爾穿插一些有名字的，但也只是少數。

最後一通有儲存的電話是在八天前打給「Top 服飾」，聯絡人的通訊錄也只有十多個人，裡面並沒有找到和家人有關的號碼。

我實驗性地撥出服飾店的電話，接通電話的聲音是個活潑的女聲。

「哈囉，妳這幾天很忙吼？都沒來店裡，有新貨耶。」

女孩劈頭就講了一堆，完全沒發現我並不是本人。

「不好意思，我是盛采宜的房東。」我故意說是房東，這樣聽起來也比較有合理性。

「盛采宜？那是誰啊，不對，這不是Meg的電話嗎？」

「沒錯，這是她的電話。電話裡說不清楚，方便我直接去服飾店跟妳聊一下嗎？」

對方很猶豫，面對陌生人拿別人的手機起來打，肯定會有防備的，最後我說服她，反正店裡都有監視器跟警報器，沒必要怕我怎樣，她才勉強說出地址。

我拿出隨身攜帶的小記事本，記下這個英文名字，並回家換身適合當房東的打扮。

「你要去哪裡？」媽媽明明還在講電話，突然敏銳回頭，著實讓我嚇了一跳。

「喔、我去鳳山的屋子看一下。」

她盯著我的臉沉默了三秒才說，「不要太多管閒事了。」

所以我才說她的直覺很恐怖，我乾笑了兩下沒有回答，就代表沒有承諾。

我這次不算多管閒事，有房客無故失蹤了，還留下了類似遺書的東西，手機也沒帶。這件事很嚴重，若發生什麼事，媽也會有點責任。但偏偏我不是她的家人，無法報警，所以只好用別的方法找她。我只是想確認她的安危，這不算多管閒事，是正事。而且還是標準的推理小說展開的模式。

那間服飾店有段路，開車大約要十五分鐘的車程。途中我一直在腦海裡模擬，要用怎樣的開場白、找完店員下一個要找誰呢？

雖然這樣有點對不起盛采宜，但我很高興因為有她的失蹤，我才可以體驗如偵探情境般的冒險。

來到位於服飾店的戰區，很快就找到那間店。還不用走進去，就看見一名打扮亮眼又活潑的女孩走出店外，正細細打理著展示人偶身上的衣服。

「妳好。」

「你是……」她打量了我一下，我表明身分後，她便走進去交代同事一會兒，接著帶我去他們員工休息的樓梯間。

樓梯間還放了簡單桌椅，雖然光線有點昏暗，但跟店內放著吵雜的音樂比起來，更適合談話。

我覺得很奇怪，一開始還認為我可能意圖不軌，對於要見面那麼猶豫的人，現在又主動邀請我坐在這樣的空間裡，她的行為似乎有點矛盾。

她一坐下就點根菸，參著尼古丁的白煙就這樣吐在我身上。「所以你是 Meg 的房東？你做什麼的啊？居然已經當房東了？」

「我做什麼的不重要吧？妳和 Meg 似乎不只是店家與客人的關係？妳們很

熟？」

她正要說話，手機卻響起，她匆匆瞥一眼並掛斷，「不好意思，你可以等我下班後再來嗎？去隔壁的咖啡廳吧，我這裡到十點下班。」說著，她就強硬送客，一句話也不再多說。

我帶著滿身的菸味離開服飾店，對於她那奇怪的反應更好奇了，但我暫時不想再過多猜想，以免不夠客觀。

從服飾店走去牽車的路上，我仔細地觀察這條街，這裡開的都是年輕辣妹會喜歡的服飾店，我光是獨自走在這就顯得很突兀。剛剛那間店賣的也都是裸露或是連身洋裝居多，其他的店家還有賣各種誇張豔麗的高跟鞋，一直走到後面，衣服的風格才轉變為一般女孩喜愛的大眾款式。

我仔細回想這五年多來，盛采宜的穿著永遠都是清一色的黑色薄或厚的外套，配上牛仔褲。若是跟人出去吃飯，會畫上一點淡妝，頭髮雖然長及腰，但她總是披頭散髮的……這樣的人，會來這裡買衣服嗎？

那她買了都什麼時候穿呢？

好奇心會殺死一隻貓。這句話從來不假。

我驅車回家後，再度悄悄跑進她的屋子，再一次進來，還是會不小心被牆上的字給嚇一跳。而手機的電力也已經充得差不多，我拔下來放進包包後繼續搜索。

房間的隔局總共有四個連到天花板的大衣櫃，左邊的兩個塞滿了秋冬的衣服，都是很普通的服裝。下方的雙層櫃中拉開也只有被子和雜物。另外右邊的兩個衣櫃也全都是放雜物，沒有半點衣服。

我翻遍所有的櫃子，最後在床頭櫃裡找到了存摺印章，裡頭大約有將近十萬，而且九天前還有再存一萬進去的紀錄。

「像是趕在離開之前要把錢湊滿一樣，而且這數目……」用來辦一個人的後事也剛剛好。

我深吸口氣，試圖回想三月十九日那一天有沒有看見她。

通常她禮拜天因為休假，大部分都是窩在家裡，而那一天……腦海，閃過一個印象深刻的畫面，我這才想起一件事……

那一天，她中午買了飯回來，一看見我情緒就異常激動！

「天啊！我剛剛發現我做了一件蠢事！」平時看起來情緒沒有太大起伏的她，這種反應確實讓我驚嚇不小。

「怎麼了？」

「昨天啊，我其實有偷偷測試我一個朋友，測試完的結果當然是不好的，我心情很差，於是把對話截圖要跟另一個朋友分享討論，想不到她卻遲遲沒有回我。剛剛我才發現……我居然傳錯人了！對方還是個不怎麼熟的男人！」

「沒想到真的有要講壞話傳錯人的，妳還真是迷糊。」我覺得有趣地笑了笑，她看起來激動又崩潰，不斷哇哇叫著。

我記得這天跟媽媽說起這件事，她同樣也是滿臉不可置信。五年來都安靜地像個幽靈的人，突然為了一點小事有這麼大的起伏，的確很奇怪。

她還說盛采宜會不會是嗑藥了，我覺得完全不可能。當時她的眼神並沒有渙散，不如說比平常幽靈般的眼神更有精神些，語氣和講話方式都不同，就像……換了一個人一樣。

換一個人。

我在筆記本上寫上這幾個字，這點很可疑，可是若真要探究，腦海就出現一片白霧，什麼也想不出來。

我繼續地毯式搜索整間屋子，不放過任何細節，連床墊都搬起來看，最後只找出存摺和提款卡，還有其他的身分證件，一個人出門必須要帶的所有東西，全都在。

不對，沒有皮夾。

代表她是故意將這些東西捨下，只帶著錢包出門。

我打開她的電腦，電腦沒有上鎖，我開啟每一個資料夾檢查，連網頁的歷史紀錄都看過了，什麼也沒有，乾淨得像被刻意清理過一樣。

不，更該說這間屋子，就像被刻意抹掉了一些痕跡。如果不是這樣，一個每天一放假，就待在這間屋子一整天的人，都在做什麼呢？

我有些恍神地慢慢走下樓，想不到和媽媽撞個正著，她像故意在一樓等我似的，斜眼看著我。

「我就知道你一定會偷跑去三樓的女生家裡看，看出什麼心得了嗎？」

「咳……我……」我支支吾吾地把一部分的情形告訴她。她一聽，臉色也有些凝重。

我提到上禮拜天的事，她這才想起一件事，說除了早上以外，晚上她也目睹了一件事。

她說，晚上她發現廁所清潔劑用完了，就到隔壁街的超市，恰巧看見盛采宜臉色不是很好看地站在衛浴清潔區，猛盯著架上的硫酸瞧。

她主動向她打招呼，盛采宜卻明顯有點慌張，什麼也沒買就匆匆離開超市。回去後，她還特地去停車區看，發現盛采宜的機車並不在，也不知道後來又去哪裡了。

她說，那段時間大概是晚上十點十分至十點三十分的事。

種種跡象，都顯示出盛采宜可能真的做了不好的事。媽媽沒再阻止我，只說了，人如果真的一直下落不明也不是辦法。

距離和服裝店員見面還有點時間，既然得到媽媽的默許，我也就光明正大地調查起來。

首先我先打開手機的通訊軟體，查看裡頭的對話紀錄，無論是跟誰的對話，日期都是停在三月十九日那一天，再往前就沒有了，就好像她每天都會刪對話紀錄似的。

我有個朋友，明明結婚了，外面卻有好幾個女朋友，為此他每天回家前也都會把所有紀錄刪個乾淨，以免老婆檢查。盛采宜一個人住又沒有交往對象，她為什麼要每天刪除這些東西？

刪除對話紀錄卻不刪通話紀錄，那一堆沒有儲存的電話號碼都是誰呢？

我試著打了幾通，對方不是關機就是沒接，有一通很明顯突然被人掛斷。

我忽然想到可以從合約書找她家裡的電話，因為一開始媽媽一定會要求必須填寫。

電話響了很多聲，才被接通，「請問是盛采宜的家嗎？」

「……你是警察嗎？」一個女人冷漠地問。

「不是，我是她的房東。」一半的房東。

「我可沒錢幫她繳什麼房租。」

「不是的，請聽我說，她沒有積欠房租也沒有做任何不好的事。請問妳是她的母親嗎？」

「我可不記得有生過女兒，我們家只有一個兒子。」

「盛媽媽，盛小姐她忽然失蹤，還留下了可能是遺書的東西，如果可以，請妳處理一下好嗎？可以報個失蹤之類，或是來我這一趟，處理她的私人物品。」

「我說過我家只有兒子，沒有什麼女兒。那個人死了也沒什麼錢可以拿吧？感謝你告訴我她失蹤，我可以趕快去告她棄養，這樣才不用多花錢處理她的喪費。」

這是一通非常不舒服的通話，我很後悔在知道她家庭狀況的前提下，還抱著一絲希望地打去。

既然無法申報失蹤，那也只能硬著頭皮找下去了。就像推理小說中都會有的橋段一樣，無論再怎樣完美的計畫，總會有留下痕跡的地方，而可以看出那點的，才配稱得上是偵探。

剛剛用她的手機打的其中一通電話，忽然回電，我趕緊接起。

「露西？難得，妳今天居然這麼早。」男人的語氣相當開心。

「請問……你認識手機的主人嗎？」這次我用詞很小心，試圖引導對方，讓他以為盛采宜的手機掉了，然後被我撿到。

「搞啥啊！」男人忽然很生氣地掛掉電話。我再回撥，他不但不接，還把手機關了。

有必要那麼生氣嗎？他誤會了什麼？為什麼他會往其他的地方誤會？

我把所有我覺得疑惑的地方通通寫在筆記本上，就在這時，老伯回家了。

「少年欸，這麼晚了還坐在外頭吹風啊。」

晚上九點多的確有點晚了。

「想想事情。對了，你今天有看到三樓的女生嗎？我一直聯繫不上她。」

「那沒禮貌的孩子啊！看到了啊，不過不是今天，是上禮拜天我經過樓梯口，她正好打開門，我不過是好奇地往裡頭看一下，她就生氣罵我，還很緊張地把門關上，好像裡頭藏了什麼一樣怕我看，哼！」

「上禮拜天嗎？」

「是啊，真不知她父母怎麼教的，連敬老尊賢都不懂。」老伯依然很生氣，不停碎唸著。

「那是幾點的事呢？」我趁他上樓前追上去問。

「幾點？好像晚上快十點吧，比現在的時間再晚一點。」

那就是在媽媽去超市遇到之前一點的時間，我轉身快速記下，對於三月十九日這一天，更加疑惑了。

她消失的最後這一天，到底都做了什麼、見了什麼人而導致她的失蹤呢？

許樂寧（23），服飾店店員。

老實說，我到現在都還是很不相信你是 Meg 的房東耶。我就是好奇想聽聽你會說什麼才答應你的。

什麼？為什麼前面要急忙取消改約在這？那是我私人的事情與你無關。不過，既然你提到懷疑 Meg 可能失蹤了，這點我算是信你一半啦。

因為，上禮拜天她忽然有點反常。記得那天大約下午兩點剛開門她就來店裡，買的衣服是和平常完全不同風格的那種，我問她是要買來當家居服嗎？她說不是，還說那套很好看、很適合自己。

我的天啊，那種乖寶寶的衣服是我店長不小心進貨的，原本打算要直接退掉，那根本不是我們店的風格，你也看到了吧？我們賣的都是夜店風，那種穿得好像要當假文青的假掰長裙和包得緊緊的雪紡紗，光是想像穿在我身上，就會起雞皮疙瘩！Meg 不但買了還當場試穿，那模樣說有多怪就多怪，你能想像一個畫著夜店妝的女人穿那種衣服嗎？

簡直就像海豚穿上了裙子一樣噁心。

說起來，要說我和她是怎麼熟起來的，有一半的原因都是因為她主動吧。原本她就只是我的大咖客人之一，一個禮拜會出現一次，一來都會把新貨掃光，我不需要去多費口舌地誇獎她身材好啦、很適合之類，她基本都會買單。

你也知道賣衣服的每天都不知道得說多少謊，說到我自己的審美觀都快壞掉了，看著長得跟豬一樣的女孩穿著超短褲，也要昧著良心地說很顯瘦。我其實也不想這樣，但沒有業績薪水就上不去，所以別露出那種鄙視的眼神了，討口飯吃而已。

Meg 她是在……什麼？你說她本名叫盛采宜？叫 Meg 不就好了嗎？真麻煩，好吧，為了避免混亂，我就改叫她本名，你還真的是她房東呢。哈哈哈，誰說我全信了，只是又多信一成而已。

盛采宜她大概是在去年八月正熱的時候出現的，第一次看到她的時候，覺得她的表情動作都很誇張，當她在形容想找的衣服時，那模樣就像馬戲團的小丑，盡可能地吸引眼球注意，而且講話方式老是讓我有種在裝天真的違和感，所以一開始我滿討厭她的。

「欸?! 你們又進新貨了噢！聽我說，那天我穿妳推薦給我的那套，我朋友都說很好看、羨慕死我了！真是謝謝妳！」

「那我今天推薦妳另一套，是我自己配的喔。」

「哇！我好喜歡！」

她基本都是這樣說話，而且我隨便說個幾句就笑得花枝亂顫，老說我說話多有趣，我每次都超想翻白眼的好嗎？要不是看她每次結帳時，皮夾總是有滿滿一疊千鈔，我才不會迎合她。

對了，你說你是她房東，所以你租給她的是別墅還是哪個厲害地段的房子啊？看你年紀輕輕的，真的就當房東了啊？真令人羨慕。

而且，她的手機在你那吧？等等可以借我看一下嗎？不行？我可是她朋友喔。怎麼說我都跟她出去吃飯不知道多少次了。

她很常約我吃飯啊。

第一次約我的時候還有點猶豫，她先是問了我哪天休假，叫我那天晚上陪她去吃飯她請客，原本我是不想答應啦，但她說是為了慶祝我的生日才想說請我的，選的餐廳還是那間有名的生蠔餐廳喔，一顆生蠔都三百多塊呢！我當然欣然接受了啊，不吃白不吃嘛。我生日什麼時候？十一月喔，看也知道我是人人好的射手座吧。

去餐廳的時候，我本來不怎麼敢點菜，她倒是不手軟，一次就先點了十顆生蠔，記得那天總共點了快三十顆吧，把每一種高檔的生蠔都吃遍了，真爽。現在想起來肚子又餓了呢。

買單的時候她也是拿現金，我覺得很奇怪，她明明那麼有錢，我卻從沒看她刷過卡，無論花了多少錢，她的皮夾永遠都有大量的現金。

從那次之後，幾乎每個禮拜她都會找一天請我去吃飯，我敢說，現在這城市所有高級的餐廳我都吃過了，就連那種無菜單料理，我也吃過好幾次。

會不會不好意思？

嗯、其實，一開始是會啦，但人就是很容易習慣的動物，反正都知道她要出錢，我也就不會再彆扭什麼了。

先說好，我這可不是在利用她喔，人各取所需嘛。她既然需要一個人陪吃飯，那我就是付出精神跟她出去，至少都陪她聊得很開心啊。

你說她的錢都從哪裡來的？真奇怪，你是房東你應該比我更了解吧。租屋的時候不是都會問工作，有的還會要求提出在職證明嗎？我是覺得她應該有什麼別的金錢來源吧，畢竟她在夜店也滿有名的喔。

什麼啊，這種事有什麼好問的，去夜店就是喝酒跳舞啊。

我偶爾會在我常去的夜店碰過她幾次，那種時候彼此都滿識相的，只會稍微點個頭，不會特別熱絡。我們去夜店可不是為了跟認識的人喝酒，那多無趣，當然是要去嗨的啊！

和陌生的男人喝喝酒，享受一下曖昧的感覺，這才是每個女孩都精心打扮去的意義。就算是跟朋友一起去好了，大家進去也都是各自鎖定目標，以不干擾對方為前提。

我說她有名，是因為她在夜店很常突然請酒喔，更聽說她每次一定都會跟一個男人走。

走去哪？你是真不懂還假不懂？當然是去開房啊。我是沒有在一夜的啦，我再怎麼愛玩，也有底線。

我還聽說她的技術很好，很多男人都很想再跟她來一次，但通通被拒絕了。搞到最後，大家都在傳，如果誰能有第二次的機會，那個男的一定很厲害，反而變相地成了一種比賽了，男生果然很無聊。

你的臉色有點蒼白耶，需要先喝點茶嗎？

你問我還有沒有其他奇怪的事，拜託，她那個人整個都超奇怪的好嗎？

對了，有件事我不知道該不該說……

等等，我接個電話……算了，還是先不接了。

又是前面打來的那個？是啊，怎麼了嗎？反正那是我的事，和盛采宜沒關係。你不是還想知道其他的嗎？

這也是上個月的事而已，那天我們去吃了帝王蟹餐廳，她說她家就在餐廳附近，所以那天她沒有騎車或開車來載我。我只好讓一個朋友載我去，我非常不喜歡自己騎車，但這不重要。

吃完後，她都會在門口陪我抽菸，其實那時我就有發現一個男人很怪了，他原本已經騎車從我們面前經過，卻又怪異折返，直接逆向到餐廳旁邊停下，過沒一會兒，我就發現他鬼鬼祟祟地跟在我們後面，我以為他晃一下就走了。後來盛采宜從旁邊的巷子走回家，我看到那個男的竟然在尾隨她！

我好奇死了，想知道她會發生什麼事，所以我也偷偷跟蹤他們兩個。

那條巷子進去看到的房子都不怎麼高級，還很老舊，我對房價沒研究，但也許那個地段的價錢很好。詭異的是，盛采宜竟然走到一台舊摩托車前，騎了就走。那時超驚險的，因為我差一點就要被那個男的發現我也在跟蹤了。

不過，盛采宜到底為什麼要騙我呢？一來那根本不是她平常騎的機車，二來她家到底在哪啊？

啥？我當然沒告訴她有人跟蹤她的事啊。她整天到處亂搞，有幾個男人認出她、跟蹤她也很正常吧。我說了，大家都想要跟她再搞一次，好讓自己可以去跟哥兒們炫耀。

看你的表情，該不會是羨慕吧？放心吧，你看起來就不是她的菜，她喜歡會打扮的，你要是真的很想跟她試一次，我是不介意替你打扮打扮……好好好，我不說這種話可以了吧。

那男的從那次之後，我又看到了好幾次，有時都跟著她到服飾店門口了，但她好像都不知道。

你真的想知道後來還有沒有發生什麼嗎？我為什麼要免費告訴你？很好，算你識相，那種和我毫無關係，完全把我當飯友的人，怎樣了都和我無關吧。

去吃飯的時候，她也一味地只聊自己的事，從來不會也不想問我有沒有什麼事想分享，對她來說，我就像一面會動的牆壁，當她滔滔不絕地說話時，我不用回答，只需要乖乖聆聽就好。

像她這樣的人，肯定沒朋友。

沒人會喜歡這種過度自我中心的人，我看過好幾個有錢人家的女孩，有一半都像她這樣，好像這個世界是為她而轉動。

好吧，既然我也收錢了，就跟你說說後來的事吧。

每次，我看見那男的出現時，總對他的一雙眼感到很不舒服，他看著她的眼神太噁心，就像男人看著 A 片打手槍時會出現的眼神，只會讓我起雞皮疙瘩。

我有猜到，那傢伙會行動也是遲早的事。

上禮拜，盛采宜來載我去吃飯時，我就有瞄到他竟然一路跟到我家了，超噁！還好他的目標不是我。直到我們吃完飯，他更是直接跟著她走。或許是第六感吧，總覺得快要發生有趣的事了，我就攔了計程車一路跟蹤到一間更破舊的社區，那社區暗到晚上也沒幾盞燈，每棟公寓都老舊得像危樓一樣。

盛采宜停好車就匆匆推開一樓大門，男人跟進去了，我故意隔了一分鐘才偷偷上去。

我本來還怕如果門都關起來了找不到，但我注意到有一戶人家的鐵門並沒有完全關上，於是偷偷拉開，打開內側的門就聽見喘息聲和微弱的呻吟聲。

我看到了，那頭野獸終於行動了。

他在客廳埋頭苦幹又背對大門，沒人發現我，我注意到那間房子不像有人住，到處都是大包小包的購物袋，有大半都是我們服飾店的購物袋，若不是他在客廳就搞了起來，我還想進去看看屋子到底有沒有其他東西呢。

然後？

沒有然後啦，我對那種A片又沒興趣，知道他總算行動後我就走啦，難道還要站在那等著被發現？

我有所保留？

那麼，你還願意花多少錢買呢？

我要的也只是九牛一毛啦，我又不貪心，畢竟盛采宜可能因此打擊太大才失蹤的嘛。五萬就好，現在轉給我。

嘻嘻，謝啦！還好對面就有提款機，很方便對不對？我故意約在這的？怎麼可能，湊巧而已。

我啊，因為一直等不到計程車，在一樓待了滿久一段時間，好不容易上車後，恰巧看見那男的匆忙離開，就順便又再跟蹤他一下囉！所以我知道他住在哪，大概的特徵也能告訴你，這五萬花得值得吧。

當然，你要用什麼藉口去找他，會不會發生什麼事可別怪我啊，是你自己要買情報的嘛。

地址在這，然後他的特徵是左眼下方有一道大約兩公分的疤。看在你這麼爽快付錢的份上，我再告訴你一些她聊過的事吧。

是說，房東啊！你居然願意花這種錢得到這種線索，你真的是她房東嗎？還是你早就和她……好啦、好啦，開玩笑嘛。

你還要事發的地址？那……嘻嘻還知道要付錢，真是上道。

我想想，她有陣子好像曾經被身邊的一個女生朋友搞得很憂鬱，而且很難得，她那麼愛說一堆她又去買了什麼、還是跟哪個網紅帥哥上了床，甚至連哪裡打了微整都要講的人，居然一提到那個女生，她好像就不怎麼願意說。

你現在應該很了解我了，我就是那種別人愈想隱藏的東西，就愈想要掀開來看一下的人。

我可是費了好大的勁，東繞西繞再加旁敲側擊，才套到一點點資訊。

她說，那個女的老是在利用她。

我聽了差點沒笑出來。

誰不是在利用她啊，若有真心待她的人，我還比較驚訝呢。

不過她能自己察覺到也算是很了不起，值得誇獎一下。

她那個朋友，好像很喜歡和她競爭。有次她去參加了網路歌手的歌唱比賽，我原本還不信，若不是她拿出海選的影片給我看，我真的不信她有那點本事。

海選第一場結束後她很開心地在臉書上分享，沒幾天第二場海選時，她那個朋友也突然參加了。而且帶的東西都比她專業，唱的歌還請人重新編曲過，馬上讓評審眼睛一亮。

搞到最後，她們兩個都一起成功通過海選，第一輪分組賽的時候，她們還被分在同一組，嘖嘖，她也真夠衰的。

然後她朋友就硬拗她要一起練習，所以連她選唱什麼歌，會用什麼唱法通通都知道，唉講得這麼專業，其實兩個人都只是唱得比ＫＴＶ還要好一點而已。

那段練習的日子，盛采宜竟然說很開心，感覺她們兩人好像回到一開始毫無雜質的狀態，她朋友還會分享各種小技巧給她，那陣子吃飯時，她偶爾會不經意透露，她最近練唱練得很開心。

到了正式比賽時，她朋友先上場，而且一上場唱的就是待會她要唱的歌，甚至連各種吸引注意力的小技巧，也通通用上了，完全把她的風格複製過去，贏得滿堂采。等到她上場時，她尷尬到一句也唱不出來，最後直接被請下台，把她從海選合格的名單裡剔除。

更狠的是啊，她那朋友還裝傻說，以為練習的是她要選唱的歌，一直裝無辜什麼錯也不承認，還反過來安慰她，說沒能一起繼續比賽真是太可惜之類的屁話。我要是盛采宜，絕對不廢話先賞個兩巴掌再說。

過陣子我刻意關注了一下那個比賽影片，發現有個女參賽者在成功進到下一輪後，突然宣布不再比賽，讓下頭一些網友大嘆可惜，這個比賽又少了一個美女了。

那個退賽的就是她朋友。

我某次不經意詢問，她才輕描淡寫地說，她那朋友後來發現自己很恐懼舞台，很害怕在大家面前唱歌。

這種講給小孩聽也不會信的鬼話，盛采宜又信了。在我看來，不管任何人對她講什麼，她認為只要還會找藉口的朋友，都是真心的吧。

蠢。

一個人沒朋友已經夠蠢了，看到她的交友方式，才知道這個人有多無藥可救。

這感覺就好像，班上常有一種女生，整天唯唯諾諾的，不敢為自己的權利發聲，像個小媳婦一樣任勞任怨，無論別人怎麼對她，都掛著一抹「沒關係、我不介意」的聖女表情，這種人最討厭了。

討厭的程度和綠茶婊有得比。

啊、我想起來了，像她這樣的人就跟黑羊沒兩樣。

什麼啊，你看起來知識水準頗高，居然不知道黑羊效應？

會在一個團體裡成為黑羊的人，大多都是這樣的喔，有話不直說，明明該生氣卻裝起聖人。就好比我不小心把A女的飲料打翻了，還弄得她滿桌都是，可能連課本都濕了，正常人就算品性再好，臉色一定都很難看吧，抱怨個一兩句是基本的吧。

可這時候，A女卻像媽媽看小孩做錯事的表情一樣，溺愛地說：「不要緊喔！小事、小事！我擦一擦就好了，倒是妳的衣服弄髒了，真是抱歉，都怪我把飲料放在這。」聽了是不是莫名地憤怒啊。

把真實的自己包起來，不願意真正面對任何人的人，比偽君子還噁心。我打翻飲料她還和我道歉，那別人該怎麼看我啊？

以上是舉例啦，這樣你懂了嗎？

我偶爾會聽到盛采宜抱怨一些事，她私下罵人可從來沒有嘴軟的喔，罵得有多難聽就有多難聽，可是事實上當她面對真正被欺負的情況，她卻是一句話也吭不出來。

我漸漸發現，每個禮拜跟我吃飯這件事，好像成了做禮拜對神父告解一樣。我就是那個神父，明明超想吼她說：「這麼不爽，為什麼那個當下不說！」，然而實際上，我只能笑著安慰。

你說，她是真的失蹤嗎？

手機這些東西，她可以丟著再買一支就好了吧，反正她那麼有錢。也許她就是突然什麼都不想要了，去別的地方重新開始而已。

你不相信？

你一定沒看過人的黑暗吧。每個人的內心都有一處黑暗到像沼澤一樣的東西喔。說到底，也許她根本沒失蹤，是你把她怎麼了，來找我也只是形式上的一個偽裝也說不定。

我又開玩笑的啦，你別緊張嘛。

你如果還想像這樣一個個找出所有跟她有關聯的人，就不能這麼容易地相信每個人說的才對。搞不好，我今天告訴你的真實性，只有三成，什麼？我都收了你的錢了，不能這樣？

這不是願打願挨嘛，我剛剛又沒有拿著刀子叫你給我錢。你也沒讓我簽什麼保證要說實話的條款……嘻嘻，被耍很難受吧。

我這是順便在警告你，盛采宜的黑暗太多了，她失蹤什麼的，也許真的是被自己的黑暗吞噬，爬不出來。你如果要一個個挖出來的話，搞不好還沒找到她的屍體，你自己就先迷失了呢。

為什麼要用屍體這兩個字？

誰知道，搞不好，她失蹤最後是跟我有關，是我殺了她了呢？怎麼樣？你又愈來愈不清楚了吧，好玩、好玩！

對了，那天她買完衣服走前跟我說了一句話。

——「妳覺得彼岸會是在哪裡？」

這句話很重要嗎？我是順便想到才說的，彼岸不就是死了才看得見嗎？我當然沒有回答她，我就是覺得她很反常，她那天連情緒起伏都不大，和她平常的模樣差很多。當然如果我也發生了那種事，情緒低落也很正常啦。啊、會想改穿那種衣服，也很合理了。

嘖，手機又響了。

我不跟你說了，今天謝謝你給了我這麼多情報費，我賺得很滿意，歡迎隨時再來找我問喔！

游星明（30），鄰居。

幹嘛？突然有事要找我聊，該不會是你媽不打算繼續租我房子了吧？還約在樓下這裡聊天，感覺真怪。這應該是我住在這裡兩年多來，第一次到一樓的餐廳呢。兩個大男人在這聊天，真令人發毛，你想要跟我說啥？

我當然還在那間餐廳工作啊，現在都從三廚升到二廚了。女朋友？你說去年搬過來跟我一起住的那個？嗯，她依然在家待業。

她沒有什麼狀況啦，就是有點……

好吧，不瞞你說了，既然我也被投訴了好幾次，就老實講吧。最近我已經有跟她家裡的人談過，下個月他們就會把她強制接走了，我們的關係也終於可以結束。

唉，我還真是沒什麼女人運，接連遇到的幾個女人都有病。去年剛認識她時很清純，在準備高考，看起來就像三上悠亞那樣亮眼，帶出去很有面子，在家還會幫忙作家事，偶爾煮點簡單好吃的料理。我是那種下班回家就不想再進廚房的類型，能交到這樣的女朋友，就算每個月資助她一點生活費也是OK的。

哪知道從她一直沒考上後，就變了。

漸漸地回家都看不到她念書做飯，也不打掃了。去年我還在拚升二廚的時候，家裡亂得跟豬窩一樣，我不過吼了幾句，她的眼神就變得相當恐怖，經常三不五時半夜站在床頭看著我。或是燈也不開，一個人坐在地上自言自語。

我講坦白的，自從她開始裝神弄鬼，我的運勢就有點不好，而她也愈來愈無法溝通，好幾次看見她站在床邊從上往下地看我時，我都會嚇到冒冷汗，所以才愈來愈晚回家，很不想遇到還沒睡著的她。

至於她晚上十二點到兩點開始鬼吼鬼叫的事我真的不知道，那段時間我都還沒回來，回來她也是好好在睡覺，如果不是被好幾戶投訴，我還以為我被找麻煩了，嘖。

你說她原本中午都會下樓買飯，到現在一天只出現晚餐一次？你觀察得還真仔細啊，我不清楚，我可沒軟禁她喔，那段時間我都在餐廳啊。

唉，人家把好好的一個女孩交給我當女朋友，我卻讓她變成這樣，我也很難交代，但又不是我害她發瘋的。我自己每天要忙廚房的事就累死了，哪還有心情處理她的事。

不就沒考上嘛。

她現在那麼偏激，我真怕提分手，她就趁半夜一刀砍了我。

所以說女人真是恐怖的生物呢，對吧？不過我看你好像沒交什麼女朋友，你也該多出去玩玩，才知道女人的美味和恐怖……

你說三樓的小姐失蹤了？真的假的？難怪。

啊、沒什麼，平常偶爾都會遇見嘛，有陣子沒看到她，難免覺得怪怪的，還以為是出國了，沒想到……

最後一次看到她什麼是時候？我想想，上禮拜天吧，我還是有點印象的。

呃、找我做什麼喔……沒找我幹嘛，我們就只是在樓下遇到而已。

別、別這樣看我，我哪有支支吾吾，我說就是了，真的沒什麼啊。那天早上我要去採買主廚指定的食材，所以很早就出門了，大約是早上六點的事吧，剛好遇到盛采宜從樓上走下來經過二樓，我們就打了招呼，小聊一下就下樓了，真的沒聊什麼。

她說她正要去買早餐，我問她怎麼會這麼早起，難道是加班嗎？明明是禮拜天。她就說睡不著，乾脆起來去買東西吃，她看起來臉色很不好，應該是失眠了吧。

然後我就去採買了，早市的一些食材去慢就沒了，買不到去廚房又會被主廚盯，這不可能亂說。

我一直在解釋，好像怕被發現什麼？喂！你今天找我來，真的只是要問我知不知道鄰居失蹤嗎？你也有問過四樓、五樓的人了嗎？

還有，她如果真的失蹤了，通報她的家人不就行了，你這麼認真地調查真的很可疑，難道……沒有、沒有，我哪有什麼表情怪怪的，我剛剛沒想說什麼。

盛采宜長得也不錯，身材又很好，你會有什麼遐想是很正常的，我們都是男人，我懂的。

什麼？你剛剛說什麼？

跟蹤她、強暴她？喂喂喂，這種帽子會不會扣得太大啦？我可以告你妨害名譽喔，就算你是房東的兒子，這種指控也太嚴重了！我不想說了，就這樣吧！

你有證人？

是誰？

我好好說的話，你就會告訴我證人是誰嗎？咳，也不是不行說一下啦，不過我要先檢查你這裡有沒有任何監聽的東西，我才會開始說。

好了。這件事是個誤會，我不知道你說的證人是怎麼說的，不過完全不是那樣。

先講講盛采宜吧，她勾引我很久了，別看她每天住在這裡時，都包緊緊的。她啊，有個第二住處喔，我是不知道她住在那棟大樓的哪一樓，但是我可以確定，每次她去了那裡再出來，就會變身成另一個風情萬種的女人。

所以我才說你會有什麼想像是正常的啦！她的身材很有潛力，平常隱藏起來，到了該用的時候就拿出來。

我怎麼知道？因為她就是用那個樣子勾引我的啊。

有次我下班不想那麼早回家，就和同事一起去了夜店喝酒，然後就看見她吸走了所有目光，在舞池裡扭腰擺臀，還跳到連衣服都脫了！裡頭的性感內衣看了真是有夠熱血沸騰的……唉，幹嘛裝那麼正經的表情呢？你也是男人吧。

而且，她還看到我了，跑來找我要了杯酒喝，語氣裡滿是暗示，我本來想直接約她去廁所的，想不到她卻跟了別的男人走，這招欲擒故縱弄得我不是很高興。

後來？再不高興也只能摸摸鼻子回家啦，害我回家又半強迫我女友跟我隨便來一下，自從她變那麼恐怖後，我對她本來都沒有性趣了。

我記得最清楚的是，隔天我剛好遇到盛采宜，問她昨天晚上明明對我發騷了，為什麼又跑掉，是在耍我嗎？你猜她怎麼說？她這種人不去演戲真是可惜了，她居然給我裝傻到底，好像我說的是另一個人一樣，還惱羞成怒要我不要再胡說八道了！

你可以知道我有多氣了，怎麼會有這種女人。

前陣子，我在路上遇到了她，就是在我跟你說過的第二住處那遇到的，只是巧遇，我真的沒做什麼跟蹤的事，只是恰巧在路上看到她，想跟她說兩句話，一直沒找到機會就跟著她到大樓那了。

那天她一出來又變回平常住在這裡時的純情樣，我馬上跑去找她搭話，她明顯地嚇了一跳。

我跟她說：「看吧、分明就是妳啊，我剛剛看到妳變裝的樣子進去的，這下無法狡辯了吧。」

她馬上甩掉我的手，尖叫大喊救命！隔壁洗髮店的阿桑馬上跑出來瞪著我，好幾個路人也都停下腳步，不得以我只好趕快走，只是這份屈辱我倒是記住了。

那個賤女人膽子也真大，敢這樣弄我，她是不是忘了我們住在同一個地方？我隨時都可以……

我當然沒這麼做，說說而已。只是一想起那時的情緒，有點氣憤罷了，你別再用看犯人的眼神看我了，你就算報警，我也會告你誣告，你沒有證據的。

說到哪了，噢對。要不是我的工作時間總是很長，要遇到她真不容易，除非我休假。有次我跟大廚拜託了很久，說我爸爸住院了，看護希望每個禮拜假日能休息一天，這才讓我暫時都能休假日。

那女人不是都週休二日嘛，我當然就是為了堵她。房東你可能還不知道吧？那女人啊，平日經常在半夜出門，快天亮時，再回來整理直接去上班呢。好像都不用睡覺一樣，這生活還真是標準的雙面人啊。

快天亮時回來這點是我猜的啦，不然她早上怎麼出門上班？這推斷很合理吧，我當然沒辦法等她到天亮，睡眠不足的話，二廚的工作是做不好的。

自從每個禮拜都可以休一天假日後，我連著平日一天的假都在想辦法，看能不能再跟她巧遇。

真的是巧遇。

我是廚師嘛，得經常去看看其他的餐廳也很正常吧，我都是在那些地方遇到她的喔，也不知道她被誰包養著，還真有錢，吃的盡是一些高檔餐廳。

可是她變得很有防備心，隨身攜戴著防狼噴霧，我被噴過一次，眼睛痛得要死！真是個賤女人，要不是傍晚路上的人多……

哼，不提了。總之我被她害得只能遠遠看著她，什麼也不能做，但我後來發現，她真的是在對我欲擒故縱。

因為啊，有次我在大樓門口等她換衣服出來時，那天很反常，她出來依然穿著一身暴露的裝扮，還若有似無的對我拋了一個媚眼，那眼神勾得可比什麼女優都還厲害，我光看都快硬了！

她在知道我跟著她的情況下，就這樣讓我跟她到了旅館門口，眼睜睜地看著她跟別的男人進去……我不知道她到底想怎麼吸引我注意，但她一再羞辱我，是不是太瞧不起我了？

我不但前面的慾火都消了，取而代之的是怒火！

我一直在外頭等了整整兩個小時，兩人看起來都很滿足的走出來就各自離開，而她，那個不要臉的女人！又往我這勾了一眼！

那時我就決定了，沒上到她的話，我就不是男人。

啊……講得我口好渴啊，你這麥茶不夠冰耶，沒有更冰涼一點的飲料嗎？喔喔，居然有自煮的仙草茶，哎呀你媽媽果真賢慧，保養得又好……

幹嘛？你如果打我的話，我也是可以告你的喔，是你自己想聽的吧？我剛剛就說要走了，你最好態度好一點，這種事講出來的確很有炫耀感，但我也未必要跟你分享。

這就對了。

好熱啊，這冬天還沒冷夠，一下子又把人推到了炎熱的春夏，身體一熱，什麼事情都不順，身心靈都很煩躁，你難道不覺得嗎？

盛采宜這賤貨，就和我的前前女友一樣，天生犯賤。

那女人啊，總是擺出一副高高在上的姿態，從一開始就那樣，她可是我追得最久的女人。我什麼招數都用過了，她若真沒意思的話，一槍把我打掉就是，偏偏又像盛采宜那樣，忽冷忽熱地勾著我。

直到有次朋友聚會第二攤去唱歌，那女人喝個爛醉，我就當個好人把她帶回我家。她一喝醉什麼都可以，那晚不知道對我索求了多少次，隔天早上起來也變得乖乖的，我什麼也沒說她就順理成章地變成女朋友。

其實呢，她原本那種高姿態我是不屑再繼續的，要不是她身材太好、重點還很敏感喔，不然我完全不會想跟她長期交往。

那瘋女人啊，自從變成女友的身分後，一開始還很乖，我叫她來，她才來，後來呢就變了。只要我人一下班，她就開始拚命打電話，我如果不接，她有辦法把我的手機直接打到沒電。

還變態地偷偷登入我的社群帳號，我不過是私訊了一些漂亮女生，稍微調情一下也不行，她把那些對話紀錄全翻了出來，拚命跟我鬧，我都快煩死了！被她逼到害我忍不住揮了她幾拳才乖乖閉嘴。

喂喂喂，什麼叫打女人的不是男人啊？如果不是她做那些瘋子一樣的事，我會這樣嗎？呿！

當我要想辦法把她甩掉時，那女人居然用懷孕來威脅我。靠，她一喝醉就那麼淫蕩，誰知道那是不是我的種啊？這種亂扣帽子的行為我最看不下去了，後來我威脅她，如果她敢再拿這件事來壓我，我就打到她直接流產！

這種威脅滿有效的，她啊，過沒幾天就哭哭啼啼地跑了，從此再也沒出現在我面前。

不過我也很衰，那之後，我有幾年的時間都把不到什麼妹。為什麼？當然是那女人在把小孩生下來之後，裝成弱者在網路上曝光我的社群和外號，說我是如何對不起她，本來那時我有幾個妹都處得還不錯，被她這樣一搞當然都毀了。

還好大家都很健忘，這種引起撻伐的事情，只要安靜地忍一忍很快就過了，之後我把社群好友進行大清理，也徹底把那女人完全封鎖，這才拿回我安穩的人生。

我的女人運，真的很不好吧？

我離題了嗎？對、盛采宜。她在那次汽車旅館門口玩弄我後，又用了這招兩、三次。並開始刻意甩掉我的跟蹤，變得很小心謹慎，但沒用，我隨便和同事借了台摩托車，她就沒發現我了，可見她根本只是認我的機車而已——我原本是這樣想的。

直到有次她沒有回那棟大樓，反而去了一棟很老舊的公寓。我一看這建築就覺得有機可趁，所以偷偷跟了上去。

她樓梯爬得很慢，開門也開得很慢，好像在等我一樣。再次受到邀請，我二話不說地就衝上去，抱著她在客廳做了。

強暴？沒有的事，她自己也很享受吧，我看她那天叫得挺爽的。事後也沒哭鬧著要報警，就代表這是兩廂情願。

重點隔天她特地在我回家的時間，在房門外等我，她邀請我去她房間，我們又做了一次。這樣你還認為是我強迫她的嗎？

只是那天做完之後，她問了我一些問題。

我想想，她說我知不知道，有什麼地方是人煙稀少到，幾乎不會有人去的。

我那時以為她想來點刺激的，馬上就想到有次我有個朋友，聽說撿了個酒醉的妹，三個人把她帶到靠海的那座山後面，那裡有個廢棄工廠，在那裡把那個妹好好的……你不想聽啊，OK我省略。

我就告訴她那個工廠了，我反問她想一起去嗎？她卻又問說，永遠永遠都不會有人發現嗎？

我記得那工廠廢棄了幾十年，所以就說對。

「那麼，那裡算是彼岸的入口了吧。」

她當時講這句話講得很小聲，而且那時的眼神跟我家的那個神經病女友很類似，你知道那種好像見鬼還是卡到陰的眼神嗎？好像他們看的世界跟別人不一樣，盯著看久了很毛。

那天之後，我每天都很準時回家，本來很期待她再來跟我來一發的，可是她那幾天不知道是沒回家還是已經回家了，我從她的門縫看過去，都是黑的，她的機車在樓下，可房間裡卻沒有人。

對了，之前有部電影《樓下的房客》，我看你以後不如也學那個房東一樣，裝些監視器，再給我一串所有人的鑰匙吧，我是不介意讓你欣賞我們交歡的樣子喔。

生氣啦？幽默一下嘛，我都講這麼多了，有點累。還有沒有其他的事？咳、其實，前面跟你說，上禮拜天遇到她的情況，不是我一開始講的那樣。

我當然要說謊了，那個時候又還沒檢查你這裡有沒有竊聽器。

那天早上看見她素顏，我差點又硬了，看習慣她變裝後的豔麗樣，偶爾看見那副清純樣也是不錯。不過很奇怪，她一素顏似乎連個性也變了，搞得像有多重人格一樣，很詭異。

「早啊，這麼早是要去採買吧。」
「對啊，怎樣？覺得可惜嗎？我等等快點買完的話，還有空喔。」
「不，我也正準備要去採買呢。」
「買什麼？情趣用品嗎？」
「吶，你那天說過的地方，一點都不好，我去過了。」
「靠，跟誰啊？」
「我自己去的，但很快就有人把車開到那裡車震，一點也不隱密啊。」
「我就說那是個好地方吧，居然還有別人知道啊，怎麼樣？什麼時候我們也……」
「所以，後來我找到了更好的地方，那裡才是真正的彼岸，那裡非常平靜、祥和，好像永遠待在那裡的話，就可以得到救贖一樣。」
「喂，妳裝清純是不錯啦，但可以不要這樣講話嗎？我聽了真不習慣。」
「你不是說，要趕去早市嗎？」
「靠！要來不及了。」
「快跑吧，跑得愈快愈好。因為罪，是逃不掉的。」
媽的，那時我是真的時間要來不及，沒辦法問她最後那句話是什麼意思，搞得我這幾天心神不寧，還以為她跑去哪裡躲起來，然後已經報警之類的。怕？我怕這幹什麼，我只是怕警察找上餐廳，害我這二廚的位子不保而已，到時若真這樣，不管我怎麼跟餐廳解釋，還是我最後無罪什麼的，他們也都不會用我。

這才是我最怕的。

是說她是真的失蹤，還是假的失蹤誰也不知道，這種神經質的女人啊，腦袋裡在想什麼，像我們這種正常人是想不透的。

不過，我去她房間那次，倒是有偷偷看過她的手機喔，她身邊還有不少很正的朋友呢，我一直以為她只有一個朋友存在。

對了，你會知道這些，也是她那唯一的朋友告訴你的吧？你是去哪裡找到她的呢？

我沒打算要幹嘛啊，是你剛剛自己答應我的，現在又想反悔？我說啊，你該不會真的認為，我是吃素長大的吧。

原來是服飾店，我知道那裡，我一直以為她們是一起去那買衣服呢，早知道當時就進去晃兩圈看看了……真好，我終於知道了。

啥？那女的發生什麼怎可以算在我頭上呢？我也只是問一下盛采宜的朋友在哪裡工作而已啊，這點八卦都不能問，那女人整天聊的那些不都要被判刑了。

真可惜，都在這待這麼久了，也不見你媽下來一下，我還真想看看她、跟她聊聊天呢。

怎麼？現在利用完我，就巴不得要我趕快滾了？我先說好，今天我說的事有任何洩漏，我是不可能不反擊的，知道了嗎？臭阿宅。

吳以珊（32）I，同事。

啊、不好意思，忙著在泡茶，都忘記請你坐了。

吳小佑，給我進去房間，家裡有客人不要在這裡玩了，快一點！不好意思，我兒子啊，就是有點調皮。

唉，我就知道一定是出事了！雖然我有幫她跟公司說情，但無故缺席一個禮拜，主管那邊已經直接把她革職，也新請了一個女生代替她的位子。老實說這幾天我真的很不習慣。

不過對你真抱歉，我都只有假日才有時間打掃家裡，讓你看到這麼亂的屋子真不好意思。

你應該知道我們是網拍公司吧，而采宜做的是退貨的部分，她那個一忙起來簡直要命，我的職位是客服，我盡量趁沒事的時候去幫忙她，也因為這樣我們才要好起來。

不不不，我去幫她當然沒有什麼企圖了。

只是之前不小心聽到她跟其他人聊天，知道她孤苦無依一個人生活，這情況跟我家很像，忍不住以同病相憐的心態幫助她。

你也看到我家狀況了，我領著一份不多的薪水，還要獨自養個小孩。這孩子是個意外，在我跟前男友分手後兩個月才發現的。因為我的經期偶爾會兩、三個月來一次，所以當時並不以為意，發現的時候已經快要三個半月都成形了。

當醫生跟我解釋若要拿掉，必須要做怎樣的手術時，我真的狠不下心。我還記得第一次聽到這孩子透過超音波發出的心跳，是那麼強而有力，彷彿在說：我想活下去，所以別讓我走。

想到他會被那些夾子給弄得四分五裂，我就狂起雞皮疙瘩。這是殺人吧。即使他還沒有意識，但這無疑就是殺人，我做不到。即使我那已經沒有很寬裕的日子會變得更克難，我也要把他生下來。

一開始剛生完小孩時，我只休息了兩天就馬上重回職場，白天委託鄰居的婆婆照看，她人很好，孤家寡人的，孩子、孫子都在國外，每個月只意思意思收三千元當保母費，她反而還謝謝我，讓她那孤單的生活有了一點樂趣。

可是小孩的其他開銷依然是一筆沉重的負擔。那段日子我沒辦法的情況下，跟不少朋友借過錢，不是什麼大錢，每個人都借個三、五千塊，但日子一久，大家漸漸不愛接我電話或回我訊息了。

那些錢，現在都已經還清了，你人真好，謝謝你的關心。

我那些朋友，都是從從國中或高中時認識的，當我還沒發生這些事的時候，她們會找我聚餐、玩樂或打個電話聊聊天，可朋友從來無法一起共難的。當我一有難，一沒有錢跟她們聚會，我便徹底被屏除在她們的友誼世界。

所以，即使現在我的生活已經稍微穩定了一些，卻完全不想再跟她們聯絡。然而人怎麼可能離群而居呢？我很孤單，一個人養小孩已經夠苦悶，連個說心事的對象都沒有，我孤單得不知道該怎麼辦。

聽到采宜的事後，抱著同類的心態接近。愈是相處，愈發現她是個相當純真的孩子，心也很善良，最重要的是，她從來不占別人便宜，也不計較被占便宜。或許是純良的心態打動我，才讓我決定把她當成朋友來看。

當我願意打開心房跟人交心，世界就像突然從灰色變成彩色一樣絢麗。那些曾圍著我的陰鬱，全都一掃而空。連隔壁的婆婆都問我最近心情怎麼那麼好。

每次只要我有幫忙她，中午她就會堅持要請我吃午餐，有時一起到外頭吃個商業午餐，有時我們一起擠在休息室吃外送的便當。很單純吧，朋友之間如果每個都能這麼單純就好了，毫無利益。

但她似乎……不怎麼喜歡出門，也許是因為薪水少，想要節省花費的關係吧。

畢竟她那個職位屬於簽約派遣，一個月只有24Ｋ，跟我們這種30Ｋ的相差很多，所以我也能理解。

去年吧，快過年的時候，我本來想邀請她來我家一起吃年夜飯，我家就兩個人，人多也比較熱鬧，她卻拒絕了，說自己很不習慣這種該是闔家歡樂的節日。

我那時才知道，她對「家」這個名詞似乎很敏感也有點抗拒。

後來，我提議那就當天來我家，幫她提早慶祝過年，那天我們一起去了超市和黃昏市場買菜。前面她嘴上雖然說很不習慣那種感覺，在逛黃昏市場時，她看起來卻很開心，我們就好像幫媽媽出門買菜的姐妹一樣，一起偷偷加買著自己喜歡的菜，現在想起來還是很快樂呢。

那次她來我家吃飯，才發現她食量比我想像中大得多，也可能是太久沒吃家常飯了，所以食慾特別好。總之，她一下子就把一小鍋的飯吃掉快一半，平常我跟我兒子，煮一鍋飯都還能再吃一餐的，你就知道她的食量有多大。不過，那天買菜有一半都是她出錢的，還真是個客氣的人，你說是吧？

那天晚飯後，她在我家又多待了快兩個小時，我就找她聊了一些其他的話題，或許吃得開心，她願意聊的範圍也寬廣許多。

我會這樣說是因為，只要我過度打探她的隱私，她大多會轉跳話題，不正面回答我，我這人也很識相，別人不想說，我也不會多問。我就是這樣慢慢探到她的地雷在哪裡，所以相處起來才會這麼快樂吧。

我很快樂喔，總算有個不會對我太有利益心的朋友，怎麼不快樂。既然她不想說她的事，那我就分享我的事吧，但我也沒什麼事好分享的，除了兒子什麼也沒有。

喔、對，剛剛說到那天聊了什麼對吧。

我問她對於樓下物流部的男生們，有沒有興趣？他們年紀很小？不會啊，都跟我差個幾歲，用「男生」這個說法讓你誤會了？呵呵，不覺得人都是這樣嗎？雖然已經離青春有段日子，但還是會不小心以為那才是昨天的事，而且女人只要聚在一起，就會像小女孩啊，男人也是這樣吧？

我這樣問她，她說沒有。但我記得有個叫阿發的理貨員對她似乎有意思，經常三不五時就多買飲料送她喝，或是沒事故意晃上來二樓，東看西看的，畢竟我的客服台就在二樓大廳，所以每次看到他這樣，就覺得很可愛，跟他聊過也大約知道他的心意。

那次後他買飲料也會買我的份了，然後我們也私下出去過幾次，當然話題有一半都是在采宜身上啦。因此我也會經常暗示采宜，阿發這男生不錯，那天也就深聊了一下她對他的感覺。

但她只說了「完全沒興趣」，之後就不想再繼續這個話題了，真可惜，那個男生一定會對女朋友不錯吧。

阿發從來沒跟她說過話喔，我當然也沒把這件事告訴他，不管怎麼說，能偶爾有免費的飲料喝也很不錯嘛，是不是？

年前吃過飯後，她還有再來我家一次，就是上個月。

那次啊，發生了很過份的事喔。

平常呢，采宜其實存在感就滿低的，因為她不怎麼注重穿著打扮，大家中午休息聊天時，她常常一開口，就讓場面冷掉。可是她又很任勞任怨，相當乖巧不惹事，需要用的時候又很好用。

當然，我從來不會這樣對她。而她家的事也是聽面試她的經理那裡傳出來，我才會知道。

那天因為剛逢連假結束，退貨的數量非常多，大概是平日的三倍左右，而我這邊也接客服接到很忙，沒時間去幫她。到了下午有個貨件被她退錯就算了，連歸件也歸錯，這一個錯誤就像連鎖效應，直接連帶會計部的資料也錯了，偏偏會計部的主任，是很難搞的同事。

那個同事仗著跟總經理有私交，在公司行為橫行霸道，采宜惹上這樣的人，下場肯定難看的。那位同事直接當眾對她開罵就算了，還有備而來拿出水瓶，整瓶水往采宜頭上澆。

「忙到昏頭了是吧？我就幫妳醒醒腦！」

那瓶水倒下去，采宜身體濕掉一大半，而且又是在有寒流的時候。讓我佩服的是，她不但沒哭還乖乖道歉，最後便自己去廁所稍微弄乾。

我？我也很想去幫她啊，可我這個客服根本離不開電話，那天真的很忙很忙，所以只能愛莫能助了。

為此，下班後我傳訊息告訴她，晚上來我家吃個飯，給她燉點補湯喝。好在前兩天我熬了整整六個小時的補湯，我跟我兒子喝了兩天還有剩，於是就加點水再煮了一下給她喝。

那怎麼會是剩菜呢？那湯可是被我熬到整鍋都是膠原蛋白那麼濃稠喔！就算再加點水煮一下，都還是很補的。

她吃得當然開心了，剛來的時候還苦著一張臉，看起來心情很不好，飽餐一頓後，我又幫她多罵了那同事兩句安慰她，她這才釋懷了。

而經過這件事後，很奇怪，公司的同事從原本對她這個人沒什麼感覺，反而漸漸地有點鄙視她了。

對對對，他們也是這樣說的。

「都被人潑水了，還不反擊，隔天來上班還繼續對那人畢恭畢敬，就算再怎麼需要這份工作，做到這種地步也太沒自尊了吧。」

他們覺得很不屑，當然潑水的人也不好，但他們似乎更討厭裝沒事的采宜，認為她連一點尊嚴也沒有了。

氣氛變成這樣，這一、兩個月的客服量又很多，我也沒什麼去幫她忙，而且最近被主管盯，中午也都需要跟主管一起吃，變成只能下班後再和她傳訊息聊聊天……

故意躲避？沒有的事，我怎麼可能這樣做，她是我唯一的好朋友耶。她對我兒子也很好喔，經常買衣服或玩具給他，有次我下班需要去辦點事情，她還帶著我兒子去吃飯呢，對我這麼好的朋友，我怎麼可能棄她不顧？

一切都是剛好而已，最近剛好就是這麼忙。

還有啊，不瞞你說，公司的人這次發現她無故不來，也覺得很正常，當然都沒人聯絡她了。我？我當然有嘗試和她聯絡啊，可她都沒回，若不是今天聽到你來公司問起她，我都要擔心死了。

畢竟，我們最後一次聯絡的那天，是在醫院啊。

是上上禮拜天的事，對……就是十九號沒錯。大概是早上八、九點的時候，我被她連續打了好幾通電話叫醒，才知道她突然貧血性昏倒而被送到醫院，她說一個人在醫院等點滴打完很不安，希望我能過去陪她。

那天啊，本來我是打算睡到中午，下午帶我兒子去圖書館走走的，沒辦法只好把兒子叫醒帶到婆婆那，還好婆婆說一個早上什麼的，也就不用加錢了。

我趕過去的時候，她的點滴已經打了一半，當然我也買了兩人份的早餐。她的食慾比我想像中好，全部都吃光了，又說她是在出門買菜時昏倒，被人送到了醫院來。

真奇怪，我看她也沒過瘦，食量也很大，這樣的人居然也會貧血性昏倒，我對人體還真是不能理解。

她聽到我跟兒子原本的行程，滿臉愧疚，我就說朋友間互相幫忙本來就是應該的，要她別放在心上，不過她還是堅持說要買我兒子吵著要很久的兒童電子錶給他，我都不好意思了，那一支也不便宜吧。

她那天說，她會有貧血，是因為高中以前住在家裡不受待見的關係，那時她幾乎都是在營養不良的狀態。原本我只是以為她家裡重男輕女，所以對她才那樣不聞不問，沒想到居然這麼可憐。

果然，世界上比我還慘的人，滿街都是呢。

陪她打完點滴，她就說想先回家休息了，那時候差不多才快十一點而已，我去接了兒子後，發現我們一天的行程居然沒有被影響到，真是太好了。

嗯？什麼？她那天還有沒有說什麼？嗯……真要說的話，在醫院聊天的時候，她忽然說了一個故事，我們一起為這個故事做了一些討論。

有個小女孩經常瞞著家裡的人自己到處偷偷去玩，女孩才六歲就有辦法獨自騎有輔助輪的腳踏車到市區，這路程至少也要二十分鐘左右。女孩很遵守老師教導的交通規則，嘴裡不斷反覆唸著「紅燈停、綠燈行」的口訣，雖然很害怕這些大車子，可是探險卻很有趣。

她順利在市區繞了一圈便準備回家，可卻在這時，她沒注意到巷口也有紅綠燈就這樣闖了出去，一名跑業務的上班族為了閃避她而自摔，老舊的摩托車溢出汽油，而上班族的腳也被摩托車壓傷，送醫檢查後腳踝有點碎裂，必須住院開刀，這無疑是讓他的生活雪上加霜。

而小女孩則因為事發的當下太突然，自己也嚇到跌下腳踏車摔破了皮。

這件事起因是小女孩闖紅燈，而且在沒有家人的陪同下自己外出。可女孩的家人卻覺得，這都是機車騎士的錯，明明看到有小孩了還騎那麼快，嚇到她家孩子摔傷，他們不但沒有道歉賠償，還反過來要求騎士要精神跟醫療賠償。

「妳對這個故事有什麼看法？」

「當然要叫那個騎士賠啊，小孩子本來什麼事情都不懂，而且前面不也說了，家長又不是故意放小孩出去亂跑的，是小孩偷偷出去的耶，她又不是犯人，總不能讓家長把小孩綁起來吧。而那個騎士就更不對了，那麼小沒有判斷力的小孩衝出去也是沒辦法的事，他在巷口還車速那麼快，閃過摔傷已經是大幸，如果撞到的話，孩子肯定活不了吧，屆時可又是一條過失殺人罪喔。而他因此萬幸地躲過這條罪，對孩子做些賠償也是應該的吧，他原本還要賠更多呢。」

「這樣啊。可是騎士沒有錢可以賠喔，他可能連自己的醫藥費都付不出來了，重點，他主張自己是綠燈也沒有超速，照理來說是沒有錯的吧。」

「他付不出來關我什麼事？那是他自己造成的經濟問題吧，反正只要他有工作，法院那邊會直接每個月慢慢扣不是嗎？我對法律不是很清楚，但應該是這樣。」

她說，後來，引發事件的那個小女孩長大了。

在某一天，公司有個同事家裡接連父親跟姊姊都相繼過世，情緒上一度處理不了，每天失眠的狀況下去工作而造成了不少錯誤發生，所有的人都能體諒她，唯獨那個長大的女孩，完全不能理解有什麼好體諒的。

女孩認為，這全都是她個人的情緒，本來就不該帶來工作上。況且人死了就死了，又不是昨天才死的，不是都已經死了兩個多月了嗎？都過這麼久了情緒還調理不過來，那更是那人自己的問題。而且這樣製造麻煩，增加大家的工作量，根本就是老鼠屎了，她完全無法理解，主管也跟著一起體諒的心態是什麼，肯定是偽善者吧。

「沒錯，這就是偽善者。」

「家裡的人一下子都病死了，這種心情很難調適吧。」

「沒有什麼難的，人生下來就是要等死啊，遲早的事。」

「人生下來就是要等死？這句話說得真有趣啊。」

「是嗎？很有趣嗎？」

「是啊，如果能一直保持這種想法的話，也許能夠輕鬆許多。因為這就不用努力任何事，也不需要有太強烈的生存慾望，因為就只是在等死嘛。」

「沒錯、沒錯！所以啊，那個人如果真的活不下去，他也可以自己死一死，他們一家不就團圓了嗎？」

「對呢，是可以這樣呢，所以奇怪的是那間公司的其他人，女孩一點也不奇怪。」

「果然，我們的想法很合得來呢。」

「那妳呢？妳也是在等死嗎？」

「我幹嘛死啊，我還要養我兒子、以後老了靠他回報我呢。」

「可是妳剛剛不是說……」

「我……欸，妳的點滴打完囉，我幫妳找護理師。」

「所以，彼岸是收留無處可去的人的地方啊。」

嗯？她最後一句很奇怪嗎？我覺得還好，本來她說起這個故事，就已經很奇怪了。我不懂她告訴我這種大家都知道答案的故事，是想要表達什麼，但我體諒她貧血昏倒，有點神智不清也是正常的。

我被自己的話打了一巴掌？什麼時候？

那個啊……你也對這種故事有興趣嗎？我並不是很喜歡討論這種無聊的話題呢，但大家基本上都跟故事裡的女孩一樣不是嗎？

台灣是個少數服從多數的民主地方，既然像女孩一樣的人比較多，就代表這些反應和行為本來就是正確的，少數那方才是錯的。

回到最開始，就因為采宜禮拜天昏倒過，所以禮拜一、禮拜二她都沒來的時候，我是不太擔心的。主管跑來問我她的狀況，我也有如實以告，想不到他們完全不在乎她是不是生病，在禮拜二那天下午就決定把她開除了。

才二天無故曠職就開除很不合理嗎？還好吧，我也很想幫她請假啊，但事實就是她沒有請假，我也救不了她。

到禮拜四她還是聯絡不到人時，我才真的擔心起來。尤其連房東你都找不到了……她若是突然倒在哪裡的路邊，發生了不好的事就糟了，已經一個人生活還這樣，多可憐啊。

唉，所以我一定得好好活著才行啊，可不能讓我兒子也變成這樣。你看他，真是調皮愛玩，才剛講過他又拿玩具在那裡亂敲亂砸了。

他還真是個活潑好動的好孩子，你不覺得嗎？

嗯？已經要走啦？我還有很多采宜的事可以說喔，隨時都可以來問我……啊、對了，如果采宜最後沒住那了，聽說她那房租便宜、空間也滿大的，若真那樣了，可以換我租嗎？我們保持聯絡喔。

楊子真（30）I，朋友A。

真不敢相信，你說的都是真的嗎？失蹤了？

我們原本約好這部電影要一起看的，若是沒有因此而聯絡，我還在想她最近怎麼都沒打電話給我，甚至連 LINE 都不讀不回……

可是，這麼熱心的房東我還是第一次看到耶，真不愧是采宜，人生的際遇總是跟平常人不一樣啊。現在惡房東那麼多，能遇上像你這樣的，真是難得。

哪像我啊，我之前就因為租房問題，采宜也幫了我不少呢。

我之前的租屋處其實環境相當複雜，每天都是一些看起來很不妙的人出入，半夜也經常可以聽見不知道哪一戶在毆打女人的聲音，我都被吵得又害怕、又睡不好。

好不容易撐滿一年合約，可以把押金拿回來了，可房東卻在我繳完最後一次房租後，就故意不接電話也不回訊息，我本來已經找好房子了，可是他那邊不退押金給我的話，新房子那邊就租不成。

搞到最後，別人也不願意等我，我被逼到只好續住，但我有故意不付租金給房東，試圖讓他自己來聯絡我。

大概過了半個月，他就傳來一條訊息，說我合約到期還不搬走，要扣我兩個月的押金，而且也不打算續約，要我在月底之前快點搬走。

為了這件事我簡直一個頭兩個大，那陣子工作上有個企劃在跑，前輩們已經交代我一堆事情了，分身乏術到想哭。

結果采宜幫我解決了租房的事，不但替我找到符合我需求的新房子，也跟對方講好，押金可以慢慢付。然後還跟舊房東說，我們這邊有完整的聯絡紀錄，她可以合理判斷這件事是房東惡意拖延，扣除掉多住一個月的房租，要他一定要退還其他押金，否則我們這邊會去寄存證以及申請調解。

這番話采宜是用我的手機傳的訊息，果然很有效。過沒幾天就收到錢，房東很不高興，要我快點在月底之前搬走，如有延後他也要去申請。

我啊，算是受到采宜滿多幫助的。因為我比較不敢說出自己的需求，在公司上也喜歡以和為貴，就算有很多不合理的事發生在我身上，我也只能默默忍耐，但還好啦，我也滿知足的，有時候別人稍微對我好一點，我就會很開心。

采宜原本是我現在這份工作的同事，她那時早我三天進公司，啊、忘了說是一間小小的廣告設計公司，我們的職位都是企劃助理，別聽這個職稱好像很稱頭，說穿了就是打雜小妹，若業績沒達到，還得被推出來當替死鬼。

由於我們是間小公司，加上老闆也才十五個人。案子除了業務去跑來的以外，每月還有網站上的自來戶。助理通常也要負責自來戶的部分，那是相當吃力不討好，大部分從網站上找來的人，都相當貪圖小便宜，應對時發現我們很嫩，更會百般刁難，沒事就喜歡把「要投訴妳」掛在嘴邊。

工作滿一個月後，公司一口氣接下了三件大案子，那時全員都得留下來加班，聽說前輩們加班都是有加班費的，而我們因為未滿三個月，就沒有資格領，而且總是加得比別人久。

采宜她一開始很得總監的心，她很有創意，才一個月就提過一次案子，讓客戶滿意到加付紅利，而且她也很懂得察言觀色，好像總是知道怎麼做可以得到別人喜歡和尊重，同時她也很有正義感。

像那陣子全員加班時，原本她都是跟前輩們同時下班的——對，雖然我們同期，但她已經可以享有正式員工該有的待遇，前輩們也都很喜歡她，我們公司算是個以能力獲得尊重的公司，如果能力不夠好，就算待得久也沒人會尊重你。

那時我因為還在適應工作，根本沒時間發揮創意，所以我總是被要求留下幫忙整理資料……當然啊，都是一個人整理，大家全下班了，連續好幾天我都弄到

十一、二點才回家，每天嚴重睡眠不足，也因此出錯連連。

有次總監罵我時，想不到采宜竟然直接跟總監爭鋒相對起來！她說，大家把所有雜事都丟給我一個人加班來做，還連續好幾天，會累到出錯也不意外！還說為什麼自己的東西不自己留下來整理，這種老鳥欺負菜鳥的行為讓她看不下去。

總監氣炸了，她一直把采宜當徒弟來看，萬萬沒想到她居然會當面給自己難看。采宜竟然隔天就無故缺席，直接傳封訊息給老闆說要辭職，薪水也不要了。同時也她也傳了訊息給我：「這種環境我待不下去了，每天看那種不公平的事情發生真的憤怒，我走了，妳的日子應該也會好過一些。一來暫時沒有其他助理，而他們也擔心妳動搖，會對妳好一點。妳好好做下去吧！」

我嚇傻了，都不敢讓人知道她有傳訊息給我。沒想到她竟然會為了我這種人做到這種地步，明明平常我們也沒有太多交集，因為她總是跟在總監身邊學習……

我很感動，這大概是我人生唯一有人會對我這麼好，而我對她的崇拜也更深了。

只不過，有好些日子，公司裡禁止提到采宜的名字，每次一有人不小心說到她，氣氛就會很糟糕，我當然也沒讓人知道我們還一直保持聯絡。

大概一個月後，采宜才找我出來吃飯，順便問了我後來的狀況，我很開心地說日子真的好過很多，也有成功想出一個不錯的企劃給公司，還被採用了。

怎麼說呢，我應該還得感謝她吧，如果不是她，我早就被開除或是辭職了也說不定。晚我一個多月來的新助理，也沒再發生那種過度使喚的事情，得到最基本的尊重，這都是采宜革命的功勞呢。

啊、說革命果然還是太誇張了嗎？但真的是如此嘛。

這件事大概也兩、三年前囉，當然啊，我們固定最少每個月會吃飯一次，平時我有什麼難題或是想不出點子的時候，我都會傳LINE問她，說她是我的人生軍師或哆啦A夢都不誇張。每次只要我有麻煩過她事情，那個月的聚餐我都會主動請客，這樣我就不算欠她人情了吧。

我做人可是分得很清楚的，那種占人便宜的事我從來不做的喔。像我生日收到禮物後，都會特別去查詢一下價錢，下回也送對方差不多的禮物回敬，這樣彼此誰也沒欠誰，不是很好嗎？

只要沒有欠人，不管下次還要拜託什麼事，也不會覺得臉皮厚了，因為我在得到幫助後都會請吃飯呀。

等價交換？嗯，這形容不錯，但聽起來好像有點冰冷？畢竟大家是朋友嘛，講等價交換的話，好像我都在利用身邊的人似的。

我才不是這種人呢，推特[1]上很多人倒真的是如此，我有偷看到一些前輩們的推特喔，雖然他們自以為取了ID別人就找不到了，但他們卻不知道可以用信箱搜尋呢。

我看到不少前輩在公司裡交情如好朋友一般，私底下卻互相講得很難聽。我看起來很開心嗎？因為很有趣啊，就像在看八點檔一樣有趣。

我？我是有推特啦，但沒什麼在發文，我有什麼心事或困擾的話，都會傳給采宜，她就能幫我解決了不是嗎？

接著就來說說最後一次見到她的事吧，這才是你把我找出來的目地嘛，一不小心話題被扯遠了，不過告訴你采宜之於我是什麼樣的存在，也是很重要的。

我當然很擔心她啊，一半擔心她一半煩惱自己的煩惱囉。我原本打算要她幫我翻譯的，我最近在做的一個提案啊，有找到一些不錯的英文素材，用電腦翻譯根本看不懂，她英文很好喔，我本來想要她幫我看看，晚餐順便請她吃。

她這樣失蹤，我真的很困擾。所以既然房東你這麼熱心要找她的話，我當然很樂意協助你。

[1] 推特：二〇二三年七月，馬斯克併購Twitter後更名為「X」。

我最後一次看見她，記得是在十九號的禮拜天喔。她忽然問我吃午餐了沒，沒有的話可以陪她一起吃嗎之類的。

我假日都比較晚起，也剛好有間想吃很久的早午餐還沒去過，就跟她約在那了，我們是約十二點半。

她那天臉色看起來不怎麼好，好像很累的樣子，我就在猜，她是不是最近的工作很忙。聽說她後來去了一間網拍公司，做了幾年都做到主管了喔，真厲害，我們公司小，要升職太難了，但還好有各憑實力的業績獎金，我就不抱怨了。

吃了什麼？連這也要問啊，我們各點了一份套餐，她那天吃不多，才吃了一半而已，基於平時都是我在傾訴自己的問題，那天我也試著問她到底怎麼了，當然啦，我可不認為我有辦法處理她的煩惱，她那麼厲害的人都有煩惱了，我這種平常還要靠她的人，怎麼可能有好點子呢。

她好像有了喜歡的人。

他們相遇的故事很浪漫喔，聽說是在采宜經常去的那間超商認識的，她也有見過那男的幾次，他們倆好像總在差不多的時間去那裡，畢竟都是上班族，如果公司都在附近的話，會有這種巧遇也是很正常。

但我們一般根本不會注意有哪個人每天跟自己一起在超商結帳吧？

采宜說她注意過那人幾次，因為個子很高，眼神很冷漠的關係，她算是有點印象，有時排隊在他後面時，她都會覺得這個人看起來真高大，像巨人一樣。

采宜說他們的身高大概差二十公分左右吧，我覺得這樣的差距很剛好。那還是她第一次對我分享這麼私人的情緒呢，跟她當了那麼久的朋友，有時都覺得是我單方面在表露情感，那天我覺得挺好的喔。

她說，那次她結帳完離開後，男人第一次站到了她面前。

「那個……我朋友想跟妳要 LINE，不過他太害羞了，所以我代替他來……」

「我？」

「對，他不是奇怪的人啦，希望妳……」

「我什麼都還沒說呢，就算真的是怪人，那我封鎖就好啦。」

男人喜出望外地要到她的 LINE，但其實采宜說她當下是有點失望的，因為她希望是男人想要她的 LINE。

後來，他們聊了幾天，對方的照片始終是風景照，所以在這種無法看臉的情況下，她秉持著交朋友的心態和對方聊天，並且從來不主動，都是等對方開話題給她。沒想到她覺得自己好像跟那人認識好久一樣，聊得很盡興，甚至晚上睡前都還會互道晚安，曖昧的模式一啟動，就像打翻了荷爾蒙，即使不知道對方的模樣，光看到訊息傳來也會心動得難掩雀躍。

到了第五天，他們決定見面吃飯。她到那天才知道，一直和她聊天的就是那個超商男，從頭到尾都沒有什麼朋友，這只是他含蓄接近她的一個小心機而已。

怎麼樣？是不是很像偶像劇情節？連我當下聽了都覺得很不真實，但我相信這是真的啦。

他們雖然一直沒有正式交往，但相處的模式已經和情侶差不多，只差沒牽手接吻而已。那天吃飯過後，超商男依舊每天都跟她保持聯絡，雖然沒有天天見面，但采宜說，那一個多禮拜是她人生中最幸福的時候。

我說這樣有點誇張了，在沒有遇到超商男之前，我覺得她也很幸福啊，有優秀的工作能力，又聰明又有自信，很多女生光是想要達到其中一點，就得付出很多努力了。

「但心裡，總是空空的，尤其看見很多平凡的女生，沒有遠大抱負的就結婚生子，我更是羨慕。」

她居然羨慕耶，我記得她男人緣也很好啊，真搞不懂她為什麼會這樣想，我想她唯一的缺點就是身在福中不知福吧。

後來，對、當然有後來，不然她就不會心情不好了。

她說她有個不算很要好，但交情還不錯的朋友，是從小學就認識到現在的。有天她原本要跟男人去約會吃飯，她朋友臨時打給了她，最後不好意思拒絕就讓朋友一起同行。

她說，當她看見朋友看男人的眼神時，就已經有預感，這份即將成型的幸福快要消失了。人家都說女人在碰到愛情的時候直覺會很準，一點也沒錯。

之後接連兩、三次的約會，都莫名奇妙變成三人行，到最後，采宜就被排除在外了。

「聽說，他們在一起了。」她神色低落，語氣試圖雲淡風輕。

我忽然想起古人最喜歡說：「英雄難過美人關。」我想無論男女都很難過這關吧，愛情總是擊垮一個人最好的武器。我認為美國應該要往這方面開發才對，像是發明一種可以控制愛情，讓人因此喪失生存意志的東西。

什麼？然後？

不好意思，采宜常說我聊天有點不著邊際，一個不小心就會講出一些不實際的發言，她也說了，就是因為這樣，我才這麼容易就被欺負。

她說完這件事後，我當然也有幫著罵她朋友，她沒有跟著附和，只是低著頭攪拌著已經不需要攪拌的咖啡。

「吶，妳覺得什麼樣的人才會去彼岸？」
「彼岸？那是什麼？黃泉路嗎？」
「妳知道日本曾經發生過一起姐妹神祕失蹤的事件嗎？全鎮的人都把所有的地方找遍了，最後，他們決定去搜索最不可能的山上，果然在入山的地方發現腳印，因為前一天下了雨，女孩們的腳印相當明顯。大概到一半，腳印卻只剩下一個人，另一個人就這樣在半途突然原地消失，而另一個腳印完全沒有亂掉的筆直往前。最後，搜救人員在一棵樹下發現女孩，遠遠的，就看見妹妹全身赤裸的站在樹下，並且氣絕身亡。」
「這是真的嗎？好毛啊……人已經死了還能站著耶。」
「姐姐肯定是去了彼岸吧，而那不夠資格、也許背地裡偷偷做了什麼壞事的妹妹，被降下懲罰赤裸罰站，妹妹永遠也去不了姊姊去的地方。」
「所以彼岸是天堂嗎？」
「——我和她，最後會是誰被留在原地，又是誰去了未知的彼岸呢？」她彷彿已經聽不見我說話，自顧自地說了這句。
那瞬間，我覺得她的靈魂好像已經不在這，她的眼神相當飄渺，而且有一種煩惱快要解脫的感覺，那天的她真的很不一樣，不如說，比起從前老是在我面前發號施令的模樣不一樣。

嗯？我說了發號施令嗎？

我真的這麼說了嗎？

好吧，抱歉，我修正一下我的用詞。

不不不！千萬別誤會，我當然不可能對她有什麼不滿囉，我說過了吧，原本我還要請她幫我翻譯呢。

有沒有頭緒她會去哪裡？

我猜搞不好會去台中。

因為，這說來原因也是在我啦，有次我又嚷著想換工作，姑且抱著好玩的心態去參加了一個工作的缺額考試，竟然意外考上了！但地點是在台中，我告訴了采宜，她問了我想不想去後，就行動力十足地幫我安排所有的事情，包括找房子啦、跟當地的房東談價錢啦，還有研究哪個社區最方便等等。

她說她知道我不敢一個人，所以願意跟我一起去。

我又追問了她，她才說，「其實，我一直很想去台中住看看，總覺得在那裡重新開始，可以找到一片立足之地，然後也有理由慢慢地跟這裡的人疏遠，怎麼想都覺得是個好未來。」

我被她的行動力嚇到了，而且我都還沒把這件事告訴我男友，當初跟她說我想去，也只是隨口說說的。

後來啊，她迅速張羅好一切，只差我們沒提著行李搬進新家而已，嗯……我是說得有點慢啦，我告訴她，我男朋友不希望我去，而我男朋友的工作也不可能離職，總之就是去不成了。

當我這麼說時，她的表情似乎很失望，她甚至還憤怒好一陣子不理我呢，真是困擾，因為我那時剛好也有東西要找她翻譯嘛，我跟男友正準備要去紐約自助行呢。

怎麼說呢？我一點也不覺得是我的錯啊，我只是說了想去，沒有說我一定要去吧？說到底，某種程度上，她只是藉著我的這個契機，當成了轉變的機會也說不定。

你覺得是救命繩索？我不知道耶，但怎麼可能呢？像她那樣的人，會有什麼需要逃離、需要被拯救的嗎？除了愛情啦，那種事去了哪都一樣，逃也逃不了。

哈哈哈！你說得對，很多人都說雖然我做事沒有很俐落，但對愛情的觀點總是很犀利呢。還有不少人經常來問我愛情的問題喔，這種時候，我就跟那個幫我解決問題的采宜，一模一樣了，我們在同一個位子，只是不同領域。

這樣一想，就覺得是對等關係，我喜歡平等，喜歡沒有任何差別的感覺，對，就像你說的等價交換。

只要我從不欠任何人，那就代表我從不會被捲進任何麻煩事中。這個社會什麼事都有可能發生，別覺得我現實，我只是在做基本的自保而已。

喔對了，你還會持續拜訪所有跟采宜有關的人嗎？

如果你拜訪到了那個搶她男人的朋友，可以再告訴我這件事的真實性嗎？不相信采宜？沒有的事，對我來說任何事情必須要了解每一個觀點才客觀啊，我這可不是在八卦喔，怎麼說呢，就想知道是怎樣的女人搶走了采宜的男人吧，畢竟她那麼優秀，你說是吧？

什麼？台中那件事過多久了？那已經是兩年前的事囉，我後來請她吃一頓大餐，就把這事完美解決了。

嗯……想想，我似乎也漸漸有能力處理一些事了，真神奇，對吧？

馮品優（28）I，朋友B。

失蹤？

我從你打電話來的時候，就想說了，盛采宜怎麼可能會失蹤？你還真是熱心助人啊，她不過就是想刷點存在感罷了。

喝點香檳嗎？這可是我男朋友為了我特地買的粉紅香檳喔，我可不隨便開給別人喝的。

我說啊，不是每個戴口罩的人都是感冒好嗎？現在是春季，是最容易過敏的時候，我的鼻子過敏很嚴重，不戴著這種特殊型的口罩，打噴嚏會打到停不下來的，困擾死我了。因為這種體質，害我每年春天如果去哪些好玩的地方玩、吃了什麼好吃的東西都不能打卡，煩死了！

不要再把她失蹤掛在嘴邊了好嗎？聽了真讓人不舒服，既然你想知道她的事，就別再提那種讓我聽了就煩的字眼，我可不是每天都像今天這樣心情那麼好，願意花時間跟你聊。

完完全全是因為我想知道她又想玩什麼把戲，搞不好你們是同伙呢。

我剛剛說她是為了刷存在感，是因為有一次，她整整消失了一個禮拜，對，和這次的情況差不多，一樣是手機不接，到最後還關機喔，我雖然覺得有點怪，但後來我也沒理她了，直到一個禮拜後她才聯絡。

「喔、其實我上禮拜出國了。」

「出國？去哪？怎麼沒跟我說？」

「就韓國啊，突然看到便宜的團費，很臨時，所以……」

然後我問她土產呢，她說身上的錢全部拿去付團費了，所以沒錢買土產。不想花錢買東西給我才是最大原因吧！不想花錢就乾脆不要說就好了，還老實招認去了哪，你說她在想什麼？她就是想刷一刷在我心裡的存在感啊。

你不知道吧？我可是她唯一的朋友喔，我是不知道你有沒有先去找了誰，那些人都是同事而已吧？你看你的臉已經回答囉！

她這個人啊，根本沒有朋友，不、她就只有我而已，只有我這樣善良的人才會去可憐、可憐她。

看不出來我們認識十多年了吧，認識她是在國中的時候，那時一開學就看到班上有個女生穿著又舊又皺的制服，非常顯眼，大家都本能地不想接近這種小孩。你想想，明明是新學期，哪個人不是穿著新買的制服，只有她是穿人家二手的，還不合身呢，看就知道是故意找了大兩號的，要讓她直接穿到畢業。

這麼窮酸的小孩是沒有人想理的喔，窮酸就算了，她如果可以像另一個胖子，雖然衣服也沒多新，但總是面帶笑容，傻呼呼地願意幫大家做任何事，也從來不會不滿，像那樣的人多少還是不會被討厭的。

可她呢，卻陰沉得跟個鬼一樣，一天到晚低著頭，連視線都不敢隨便和人對視，一臉憤世嫉俗的模樣，連老師都看不起她呢。念課文的時候，還會直接跳過她，這更讓我們大家覺得，不接近她是理所當然的事。

我其實國中那三年連理都沒有理她喔，是直到上了高中，我們好死不死又分在同一班。

那時我發現她好像慢慢變得有點不一樣，不管是穿的制服還是球鞋跟一些小東西，都和以前的窮酸樣不一樣了，我一度懷疑她家是不是中樂透了呢。

不過，有一點倒是沒變，她還是很陰沉，可想而知又是一天到晚被欺負囉。而且高中生跟國中生不一樣，可不是在班上被排擠就算了。

從被亂傳一堆流言蜚語，到被拖到廁所教訓……看你的表情，你的學校以前應該也有不少類似的事吧？但不要打岔我，我不想知道你的事。

很好。

我啊，就是太善良了，有次看見班上一個我討厭很久的女生也在欺負她——先說說那個女生吧，整天在班上比我還要出鋒頭，聽說國中畢業的暑假就去割了雙眼皮喔，所以長得正也是假的啊，就不懂男生都那麼向著她是怎樣。

反正那次那個女生就是找了盛采宜的麻煩，我當下就去幫忙了，我還記得我那時說的台詞喔。

「老師說人美的人心不一定美還真是沒講錯，我忍耐很久了，為什麼要整天欺負一個什麼也沒做錯的同學呢？這樣能讓妳比較厲害嗎？還是妳想證明什麼？沒有人生下來就該被這樣對待！」

怎麼樣？是多麼地義憤填膺啊，本來我從以前塑造的角色形像就是敢說敢做又敢當，所以當我這樣衝去解圍時，沒人覺得我做作，反而還很感動我的見義勇為呢。

那次之後，盛采宜那個從沒被人理過的傢伙，不用我叫她，她就會像隻忠狗一樣地黏上來。

我覺得很好用，對我來說，身邊的任何人都該有一個自己的價值才配待在我身邊，我把盛采宜的價值劃在萬用的工具人上頭，可別看她那樣，能使喚的事情可多著呢。

先說英文吧，她從國中時英文能力好像就有點天賦，到了高中，我叫她好好念去考個多益，分數還八百多分喔。我說，妳這麼沒用，不去考個東西出來，出了社會一樣是沒用的人。她還真該感謝我鞭策她，不然她的英文哪可能會有這種好成績。

考完可方便了，現在不管我想要去國外的網站買什麼東西都可以叫她用，直接從國外的一些網站上買皮夾什麼的，即使要付跨海運費都還是很省呢。

當然那時我還沒馬上使用她這個能力啦，只不過叫她幫我寫了一下英文履歷表而已。

別人代寫當然沒問題啦，重要的是先進去公司再說吧，我本來就天生討喜，很容易讓長輩喜歡，所以進去後，哪裡不會我都是撒嬌帶過，還不是好好做到現在了？

啊、我更正一下，上個月我已經離職了。

哼，說起來這也都是公司的不對吧，我原本的職務明明就是行政，那也不是什麼多重要的工作，我出國的話，只不過休個半個月，剩下半個月給我原本薪水的一半也很合理啊，以前經理可都是同意的喔，可這次他卻不知道發什麼神經，居然死命說不行，硬要以天計算，以天計算我得少多少錢啊，真是太誇張了！

他說什麼以前我是一年出國一次還可以寬容，但我現在三個月出國一次就太頻繁什麼的，欸！那可是他自己之前就答應我的耶，憑什麼他自己說話不算話，我還要退讓啊。

後來，他甚至說什麼，既然我最近為了要結婚的事忙東忙西的要請假、出國也要請假，那我乾脆休息一陣子好了。

因為他這句話太可惡，所以我就直接辭職了。

喔、對啊，我要結婚了，上個月我男朋友已經求婚囉！看啊，這鑽戒夠大顆吧，我可是非常滿意呢。

喔，又要回去說盛采宜啊，嘖。

高中畢業的這份工作，講好聽點是她讓給我的，講難聽還是憑我自己的本事。那時我們一起上人力銀行到處看啊，我又沒經驗根本不會找，只好隨便亂投，來找我的都是一些酒吧還有保險的。我知道我條件很好，但一直都是酒吧來找我也是很困擾的好嗎？

結果她就看中了這間公司，行政的職缺因為需要會點英文，所以薪水滿好的，我就叫她幫我寫一份英文履歷，我也要投。

這是良性競爭好嗎？只是她先看到了我卻不能投，哪有這種道理？大家各憑本事好嗎？我是很感謝她幫我寫履歷啦，所以我不是說了講好聽是她讓給我的嗎？
最後，對方打電話來問我面試時間時，我故意提早了她一天。我這也是為我自己好啊，她英文那麼好，接在她後面的話，我不是很沒勝算嗎？人都是自私的，而且我又沒把她當成多好的朋友，這點小背叛也還好吧。
反正我就是成功得到工作了，她也不能拿我怎樣。
其實有一段時間，我不是很喜歡她一直繼續和我保持聯絡，說起來能用到她的地方也沒多少了。要說英文的話，在那間公司待了半年，我也差不多都會講了，看我的臉也知道我不是個程度多差的人吧？當初要她寫履歷，也只是我懶而已。
所以啦，她還有什麼存在價值呢？
每次還不都是她跟著我還有我的朋友一起去吃喝玩樂，那些地方沒有我她根本去不了，還有很多高級餐廳啊那些的，也都是我帶她去的好嗎？以她那種無知的程度，怎麼可能找得到這些店，有些店不是老饕或是沒門路是去不了的唷。
我因為跟經理很好，他常常帶我四處露臉才有這種機會。
她啊，讓我覺得愈來愈不對等了，這種不對等感，打從一開始就存在。永遠永遠，都是我利她比較多，而她對我除了做一些打雜以外根本無處可用。
高中她跟在我旁邊兩年，雖然揮之則來、呼之則去很方便，但我又不能做得太明顯，免得大家對我印象不好。

畢業後，她又會固定打電話來煩我，不過，因為帶她一起去吃喝玩樂的話，還可以讓她幫我付錢，基於這點理由我才讓她去的。

付錢而已又不是什麼了不起的事，那些錢我也出得起啊，但我得讓她有點付出才公平。

剛剛提到了對等這兩個字吧。

這個社會需要的是對等朋友，一個有錢人和窮人為什麼當不了朋友？因為他永遠無法從那些人身上得到反饋；如果是同樣有錢的人，那麼這兩個人就是對等，互相又互利，這樣才能走得下去啊。

不是每個人都有一顆慈悲為懷的心，我又不是慈善家。

你看連知名小說改編的日劇《獻給阿爾吉儂的花束》裡不也是這樣演的嗎？裡頭那個小智障不就因為這樣受到很多特別待遇，即使是一開始真心維護他的朋友，最後也受不了這種單方面付出的不對等感，而和他翻臉嗎？

你剛剛那句話真是不動聽，什麼叫看不出來我也會看這種電視劇？我也是個有質感的人好嗎？當然這也是為了配合我老公啦，他這人私下還滿文青的，反正他喜歡的東西，我也會努力喜歡，這才是一個完美妻子該做的吧。

回到剛剛說的，不對等。那個小智障變聰明後，跟他以前的朋友還是一樣不對等，因為變得太聰明，還引起了忌妒不是嗎？

所以我說，朋友要平衡才有辦法走得下去。

我身邊大部分的朋友都是如此喔，而且他們都對我非常好，你剛剛說盛采宜對我這麼好什麼屁話，你不知道其他人怎麼對我的吧？

像我最近失業啦，我就有個開日式料理店的朋友說，只要我去吃，隨時都免錢。另一個朋友前陣子在黃金地段買房了，還說我和老公若是吵了架，隨時能去她那住。又比如我還有個朋友說要幫我準備嫁妝呢。

更不用提他們說如果我懷孕了，要準備給我的小孩買什麼彌月禮，或是婚禮的禮金要包多少。那些全部只要我開得出來，他們都會給我。

而且啊，說什麼我故意叫盛采宜幫我付錢？你剛剛這麼說了吧？就算她沒去，我的朋友也都會幫我付錢啊，我出去玩本就不需要花錢的，因為他們都是我對等的朋友啊，無論男女都是這樣對我。

看你一臉疑惑，不能理解為什麼他們要這麼對我嗎？

當然是我也有付出啊，你懂不懂雪中送炭的道理？

一個人啊，平時對他好是沒用的，那種沒有投資報酬率的事情，我才不幹，適時雪中送炭是必要的，記住是適時。

今天假如A遇到了困難，如果是跟男友吵架，而且吵得非常嚴重，讓A無助到無處可去也無法洩憤，我會提供住處也順便去罵罵那男的。然後B家裡出了事，很緊急，需要人立刻馬上趕過去，只要跟金錢無關，我都會衝第一。

那麼如果C突然生病需要住院還是幹嘛的，這有個前提。假設請假他沒錢生病，那我會先觀望裝忙，怎樣都好，要巧妙地躲一個人我是很厲害的；等到他錢的問題解決了，我再日日去探望他、關心他，並虛假地問一下錢夠不夠，也是能達到借錢給人的效果。

雪中送炭情，永遠能被人記在心底，那份情和錢無關，想買也買不到，而對方則會永遠有份虧欠感，無論我提出什麼要求，他都會覺得是應該、他欠我的。

呵呵，這就是人性啊。

講白了，這世界上哪來什麼患難見真情的朋友啊？扯到錢還沒有各自飛的，都是閒錢太多的人，或是基於一種施捨幫助，來增加自我良好感罷了。

喔對了，還有個前提，別以為我很閒，只要符合上述條件的人，我就會幫忙，我才沒有那種義工心情。

我當然都是評估過的啊，評估此刻這個人落難，他之後能再起的機率以及日後可以用到的地方，如果是全家倒閉、窮困潦倒那種，我基本都會默默消失在他的生命。我幫的都是一些暫時落難的人，並且能很快在兩、三個月內恢復狀況，這樣我才能快點得到我的回報啊。

算起來，當初我施捨給盛采宜的幫助，也是雪中送炭的一種。所以之後她任我所用也是應該，不過她後來的落難我倒是有故意消失個幾次。誰叫她一直無法展現自己的價值呢？而且不管我怎麼對她，她都不會跑，那何必還浪費我的力氣。

記得有次吧，她不知道和房東怎麼了，房東因為突然需要用到房子，就蠻橫地直接把她強制趕走……喔，這是大概二十歲的時候的事。

那時她哭哭啼啼地跑來我公司樓下，找我要借個三、五千塊，說什麼新租的房子還差一些錢。我當然沒借她囉，那幾千塊我要拿去買新衣服用的耶，借她幹嘛。我直接說了沒錢，然後還有工作要忙，讓她自己好自為之。我跟你說啊，她那時真的超慘的耶，聽說還租到了鬼屋喔，更可怕的是那時正逢潤七月，居然選在那種時候的晚上搬家，真毛耶。

她最後好像做了一些事情有拿到錢吧，什麼事？呵呵，一個女孩走投無路又一定得要錢時，還能做什麼？需要講得那麼明白嗎？不好吧，我都是要結婚的人，可不想造太多口業。

所以說，人啊還是得靠自己，我這也是在告訴她，不要整天都以為可以靠我，你看她現在多堅強？她以前剛離開那個對她不好的家時，還沒這麼堅強呢。

是啊，我當然知道她家的人怎麼對她，不就重男輕女嗎？誰叫她運氣不好，生在那種家庭。

嗯……我發呆了嗎？

我只是恍神一下而已。

大白天就喝香檳果然還是會有點醉意呢，要喝星巴克嗎？早上我叫人去買給我的。

你這人怎麼那麼煩，像個警察一樣追問，我恍神只是因為想起了一些回憶而已。是高三那年的回憶啦。

那次快要過年了，可是我爸居然要跟新交的女朋友一家子一起過！我聽了當然很不爽啊，就跟他拿了一萬塊，說要自己過。

我那時非常不爽也有點受傷，當然我爸是有要我一起去的，但這樣不就變成我是一個多餘的人了嗎？這種有辱尊嚴的事我是不會答應的。

盛采宜那天聽完我抱怨後，就說出了她家的事，也說出她為了維持生活跟付學費有多辛苦的事。

我的確在那個時候，有那麼一點同情她啦，所以就不小心脫口問她，要不要一起過年。

「一、一起過年？」

「不只今年，以後我們都一起過吧，這樣誰都不是一個人了。」

「……」

「幹嘛？不願意？」

「不是，只是突然，很感動。」

「白癡嗎？」

我們用我爸給的錢去吃了大餐、去看了賀歲片、晚上在她的租屋處一起玩撲克牌，還偷偷買了啤酒喝，結果第一次喝酒的我們，一人喝一罐就醉了。醉了的我們還像瘋子一樣玩起大冒險，做出各種平常的我絕對不可能做的失控又丟臉的事……

是段開心的回憶？

是啊，的確呢，也是曾經快樂過的，雖然很短暫。

這就跟互相取暖沒什麼兩樣，如果今天去爬聖母峰，遇到了暴風雪，在瀕臨死亡之際，不管是平常多瞧不起、多厭惡的人，都能夠抱在一起取暖了。

你剛剛該不會因為我說了那段過年回憶真的有點感動吧？別鬧了，那就只是暴風雪效應而已。

隔年我有了新的工作，才發現好多同事都是自己離家在外，也很懶得回老家被那些親戚轟炸，所以我們就幾個人一起出國，真是好玩極了，那年可是我第一次這樣跟朋友出國喔，比起前一年只有我跟盛采宜兩個人，好玩幾千倍！

不然啊，每次若是她主動邀約我出去，一定都是單獨兩個人，拜託我又不是蕾絲邊，她還真是都沒其他朋友了耶。而且出去的行程永遠都一樣，就是吃飯、看電影，然後就沒有節目了。

這兩件事情應該要跟男的一起做才有意思吧，對象如果換成女的，還是盛采宜，那都不知道無聊幾百倍。

所以啊，後來我才不想再跟她一起出去，她若想找我，就只能跟我的局，我的局都有很多人一起，去的地方一定都是最新、最好玩的。

跟你講這麼多，講得我都餓了，打電話叫人幫我買點食物好了，你要吃什麼？這麼客氣。

叫誰買？嘻嘻，跟你說，這一年啊，我有了個比盛采宜更好用的傢伙，那傢伙的工作地點就在附近，只要我打電話，他一定會翹班幫我買的。為什麼？因為那傢伙是個 GAY，很常失戀，每次失戀都是我陪他的，對他來說我就是他說心事的好閨密，他當然對我唯命是從囉。

看吧，不管我叫他幫我買什麼，都會很快買來吧，要是盛采宜能有他一半聽話的話，我也許會對她再好一點。

她不聽話的地方太多了，尤其這幾年開始會在我面前打扮了，本來呢，她是我少數見面不需要化妝、或是穿漂亮衣服的對象，那些衣服太常穿的話也是會變舊，我只想留在需要拍照打卡的時候穿。

尤其是這幾個月，她好像一直在關注一個美妝網紅，開始照著化妝、穿衣，你知道上次我叫她陪我去吃義大利麵，結果她竟然被搭訕嗎？

你沒有在現場，根本就不知道她當時的表情有多優越，那張臉還不是靠化的，以前不會化妝的時候也沒人搭理她啊。

被她弄得我心情很不好就算了，以後連跟她出門都要精心打扮這件事更讓我火大。

她還反過來教我的妝要怎麼化、衣服要怎麼穿——老娘在打扮的時候，她還是個窮酸樣好嗎？需要她教？

這感覺就像養了很久的狗忽然反咬自己一口，為了讓她知道就算她變得會打扮了，若是沒有我，她一樣沒人約只能自己待在家裡這件事。我故意好幾個月都是有要她做的事才打給她，其他好吃好玩的都不約，而且還非常勤勞地PO文讓她看到。前陣子，我才又約她出來，多久前？嗯……兩個多月了吧，誰知道啊，記那麼清楚對我又沒好處。

不約還好，一約還真是不得了啊。

那天呢，她本來說什麼正要跟人約會吃飯，噗！又不是愚人節，她到底在說什麼啊，反正你可能會信，我是打死不信的，她根本沒交過什麼男朋友好嗎？

我想想，如果有上過床的都算的話，我還真不知道背地裡她為了賺錢上了幾個呢。我記得她曾經交往過一個男朋友，是她的第一任，結果人家只是想騙她幫忙開戶當人頭，笑死我了，第二任的話，也是個小白臉，當然對方很快發現她沒錢就把她甩了。

平常更不可能有什麼人會約她了，但她好像常常容易心動，沒辦法，這就是沒嚐過甜也想要吃糖吧。跟我一起出去時，都會有男性朋友一起，那些人都是有女朋友或已婚的，就算沒有，也不可能會看上她這種陰沉又悶的人。

她之前還喜歡過我一個朋友喔，結果我當面直接告訴那個朋友，人家馬上把她打槍了哈哈，說有多丟臉就有多丟臉，我都替她難為情了呢。

這樣的人，說有人要找她約會？你還信嗎？搞不好人家只是想約炮吧。

所以我堅持也要一起去，以好朋友的身分。

對方找的餐廳滿有品味的，我去吃過一次印象很深，忘了說，我這人啊，可不喜歡吃重複的餐廳，能被我重複吃兩次以上的餐廳，都是厲害的喔。

一見面，對方又帥又有型！我更不可能相信這人是認真要找她約會，但也不相信像他那種條件的人，約炮會慘到要找盛采宜，我就在猜，那可能是騙子或小白臉吧。

吃飯的時候，話題都是由我在開，盛采宜根本連句話也插不上，不過，她平常本來也就是這樣啦，完全不會聊天也不會找話題。

那男的叫閔博智，我觀察到他全身的行頭都很講究、很有品味，不像是騙子為了騙人刻意買來當行頭的。

講話也剛剛好不油不膩又幽默，也懂很多最新流行，一問之下才知道是菸商南區的經理，平常接觸的人本來就不是一般人。而且還經常去打高爾夫、出入各種時尚派對、慈善舞會，完全是不同世界的人。

我當然沒有馬上相信他說的那些啦，不過我很努力地在展現我的活潑，我很懂男人在想什麼，他們要的是一個開朗大方，在適當的時候露出一點小女人的人，並且適時地傾聽發問，讓他們有成就感卻又不會覺得太笨。

那天吃完飯後，我馬上就問，什麼時候也帶我們去一些他說的私房景點玩，他二話不說約了週末。

「采宜是我的好朋友，今天能一起認識你真是幸運。」

「說實在的，妳們一靜一動，一個熱情大方，一個沉默寡言，實在不像會搭在一起的好朋友。」

「誰說要興趣相投才能，我們這樣才互補啊，對吧、采宜？」

「嗯，是啊。」

盛采宜那天的臉色有點難看，我知道她在想什麼，她覺得我在壞她好事，也不想想自己幾兩重，就算沒有我，博智也只是覺得好玩，逗逗她而已吧。

週末我們一起去了近郊走走，上車前，盛采宜還算識相，讓我坐了副駕駛座，當然我還是有故意在博智面前演一下，一開始有點拒絕，但最後一上車，他也不再多說什麼，畢竟會聊天的也只有我們兩個啊，讓她坐前面的話，不悶死才怪。

第一次見面的時候，博智還會想要問一點盛采宜事情，但她那人就是那種死樣子，異性一好奇問她任何事，她都會冷淡地句點人家，或是答也不答清楚，好像很怕被人掀底一樣，不過，我是她的話，有這些背景應該會直接把自己關在家裡不出門了吧。

對了，更好笑的是，這兩次見面，她都超級盛裝打扮的，反觀我是一身休閒——我當然原本的穿衣風格不是如此囉，第一次見面聊過後，我就知道博智是走休閒路線的人，連球鞋穿的都是經典限量款，所以第二次出去，我就換風格啦，還故意戴了一頂跟他同牌子的鴨舌帽，不知情的人還以為我們是情侶呢。

相處一整天下來，我對博智真是愈來愈有好感，雖然某種程度上他這種休閒派，興趣又很文藝青年的人對我來說有點吃力。畢竟平常我看的電影都只會是賣座、討論度高的商業片囉，我怎麼能讓自己走在流行的末端，不管是什麼事情，我永遠都是最先打卡的那個。

可偏偏，博智很愛看各種一點也不感人或是超催眠的片，以往的我，是不會特別去迎合男人的喜好，但他是我難得一遇的高品質男人，而且我們對未來的想法也很相同。

出去玩那天在車上他就有聊到，其實一直很想找個能傾聽自己的女人，但不要太有野心，希望能好好相夫教子，興趣最好就是愛買東西，這樣單純就好。

我說啊，這暗示不會太明顯嗎？很顯然地就是在說我啊，那個後座的電燈泡居然還聽不懂是不是很搞笑？

因為她啊，只要博智一聊起電影，她都會突然發表各種聽起來很厲害、很有想法的意見，博智當下確實是跟她聊了啦，但人家只是單純基於禮貌吧，她卻自以為有勝算，還看了我一眼，那眼神就像在說：「妳看，只有我懂他的興趣。」

我都已經贏了還需要去爭那個幹嘛？回程時我故意把包包放在後面，中途才假裝要拿手機啦、充電器的，很近距離的碰到他的手一點點，也順便讓他聞我那很有品味的香水，一瞬間他有點僵硬的反應，我就知道這個人已經手到擒來，後來的事都是為了刺激盛采宜而已。

那天出遊後我就跟博智交換了聯絡方式，但我還是故意開了一個三人群組，每天想到就直接在群組裡跟博智打情罵俏，每次看著她又已讀後，我都有一種喜不自勝的爽感。然後呢，真的要有點曖昧的對話，我就會私聊啦，比如睡前傳個晚安之類。

不知道博智是不是跟我心有靈犀，要約我出去時都會在群組裡說，然後我就會很自然地說，那我們就在哪裡等你喔之類，連給盛采宜拒絕的機會都沒有，就逼著她得跟我們一起出去。

有次她故意不已讀群組，我就讓博智直接開車到她家樓下，逼她得跟著我們一起去看星星。那次啊，她一個人坐在旁邊，就這樣看著我們有說有笑吹海風，都不知道表情有多落寞呢！

我故意的？

是啊，那又怎樣。

不這麼做，她會認清自己連跟我競爭的資格都沒有嗎？

我根本就不喜歡博智？單純是為了氣她？

你……不笨嘛。

沒錯喔，那時候我的確就是這麼想的。誰叫她這次展現出有種想跟我競爭的味道，實在是膽子太大了點，你知道兩個人在打架，面對有戰鬥意志的對手，總是特別有幹勁吧，愈是那樣的敵人，就愈要努力把她打倒，然後欣賞她倒下的敗樣。

我就想看，她那張在我面前隱忍很久的懦弱，會不會真的有爆發的一天，也順便讓她明白，像她那樣的人，這輩子都沒有資格擁有幸福。如果說現在還是個分級社會的話，那她就是最卑下的階級，一生都爬不上來的那種，因為身上的汙穢永遠也洗不掉了。

其實呢，我有想過，如果博智真的跟她在一起了，我再用點手段讓博智知道她所有的黑歷史，最後他還是會變成我的人，不是嗎？

不過好險啊，好險沒有走到那一步，如果真的發展成那樣的話，我會非常非常不高興，而且我也不會想跟博智結婚了，畢竟被她使用個一天我都覺得髒啊。

啊？我沒說嗎？對唷，我要結婚的對象就是博智，我剛剛就說了吧，我們都是彼此的理想型啊。

我永遠記得啊，盛采宜知道我們在一起的表情，經典到我都想拍下來，好日後反覆回味呢。

那時我把盛采宜叫出來逛街，逛到一半，我就拿手機打起視訊電話，「我在逛街啊，下個月你不是要帶我去北海道嗎？所以想幫你買點衣服。嗯？我當然是跟采宜在逛街囉？你看！」

盛采宜雙眼瞪大地看著手機中跟自己微笑揮手的博智，僵硬地扯著笑容說了你好。達到目的後，我滿意地結束通話。

「你們……在一起了？」

「是啊，前兩天他說要幫我換廁所的燈泡，結果換完就……妳知道的，就發生了那個，然後他說我是他尋找了很久的那種女孩，我當然就答應囉。」

「妳、喜歡他嗎？」

「有點吧。」

「妳不是說，妳從來不會真心喜歡誰嗎？」

「如果這是我人生中最後一個男人，那喜歡了也沒關係吧。」

「咦？」

「我覺得我們就像命中註定一樣契合。」

當我這麼說完，盛采宜的眼睛都紅了，她慌張轉身跑去廁所，我大快人心到差點沒笑出聲，那次可是我難得大發慈悲等她那麼久喔，她大概在廁所待了快二十分鐘吧。

你以為這樣就結束了嗎？還沒呢。博智說要好好感謝造就我們的媒人，所以又把她找出來一起吃飯。吃飯中我可沒忘秀恩愛，一撇平常我女王般的作風，在他面前我就是個事事聽話的小女人，而他也很體貼，烤的肉全部都夾給我，還餵我吃，我們恩愛到完全忘了對面還有個盛采宜。

等我再次看她時，她的臉色相當慘白，肉也沒吃幾口，倒是啤酒猛灌了好幾大杯。

「品優，妳之前要我幫妳製作的洛杉磯懶人包，我做得差不多了，如果妳沒有什麼東西要補充的話……」

「懶人包？我記得品優最近的確是準備去洛杉磯，原來那些是妳幫忙的啊？這麼說妳的英文很好囉？」
「也、也還好，就……」
「真的還好啊，我沒空嘛，采宜製作這種東西算是拿手，所以我就叫她幫忙囉，還有行程也都是我自己先排好了，她只需要幫我補充一些東西而已。」
這還真是一記危險的回馬槍啊，那時在準備要結帳時，盛采宜故意說出我叫她做的事情之一，她應該是看出博智英文也很好的事情吧，自以為可以用個語言能力博得注意，真可笑。還好，最後這個話題就再也沒有轉回去，晚上回去後，我就叫她快點把東西給我，也不准她再提起這件事。
之後，我又好陣子沒理她，畢竟我也忙著在約會培養感情啊。
後來月初時，我挑了一天約她單獨出來，目的當然是要炫耀手上的婚戒囉。
「我要結婚了。」
「結、結婚？跟……博……跟妳男朋友嗎？」
「是啊，他前兩天在派對上求婚囉，浪漫死了，我找不到我不答應的理由，這樣很好，我就不用找工作了。」
「是喔，恭喜妳。」
「妳看起來好像不是真心在恭喜我耶，妳該不會很難過吧？」

「沒有那回事！我是真的很替妳開心……」

「別假了，妳不是一直很喜歡他嗎？說到底，一開始我也是故意跟他在一起的，修廁所燈也是我製造的一個機會，然後故意在他面前換衣服……」

「我沒有喜歡他啦，妳不用講那麼細，我沒興趣聽。」

「我可沒開玩笑喔，我就是因為妳喜歡他，才跟他在一起的。」

「……是喔。」

「是、啊。」

「這麼做，沒意義吧，即使你們沒在一起，他也不會喜歡我這種人。」

「沒錯、沒錯！哇，我第一次覺得妳終於長大了呢，有這種自知之明很好。」

後來，她又硬撐了快十分鐘，才說還有點事要辦，就不陪我了，那落荒而逃的樣子，比知道我跟博智在一起的時候還慘。也許她那時還幻想著，我們很快就分手了也說不定，而現在，卻是板上釘釘的事，永遠改變不了。

你知道人啊，活成這樣其實滿悲哀的耶。但這就是天生的不同吧，一個人該有什麼環境，該用什麼樣的身分都是注定好的，而她那種人，就是該這樣活下去。

我恨她？

可笑耶。

我幹嘛恨她那種人？

我不過是很討厭那種以前一直接受別人施捨的人，忽然變得自立自強了，那就像乞丐穿上新衣，混進了一般人群中一樣，光想就覺得不舒服。

最後一次見面？

我想想，就我告訴她我要結婚的隔週，那是幾號？煩欸，誰知道是幾號啊，應該是禮拜四吧。是十六號嗎？管他幾號，這應該沒很重要吧。

你好像很在意十九號，那天怎麼了嗎？

好吧，那我就先說她那天來找我幹嘛。

她說既然我要結婚了，知道我一定很期待拍婚紗，於是一口氣找了好幾家宣傳DM來跟我討論，我真不知道她做這些幹嘛，要說拍婚紗的話，博智絕對會幫我找最好的，連婚紗我都決定要用訂製的，還需要她找的那些名不見經傳的小店嗎？

「我記得妳很喜歡公主風，妳看這間，不但衣服美，拍起來也很夢幻呢。」

「嗯嗯，還可以啦。」

「那我可以當伴娘嗎？」

「蛤？」

「我們不是好朋友嗎？」

「伴娘的人選我都決定好了，再加妳一個就太多了。」

她居然想當伴娘，真恐怖，也不知道她那種人在想什麼，已經知道我是故意跟博智在一起，還裝得什麼都沒發生一樣，不覺得很噁心嗎？

我就是因為這樣，才那麼討厭她吧。

無論我怎麼踩她、利用她、傷害她，她都像個哈巴狗一樣，趕也趕不走，一直把我當成浮木抓著，我真是厭煩透頂。

對她來說，我就是唯一的朋友。你應該不明白這壓迫感有多大，每次她強顏歡笑的表情都像在說：「我只有品優一個朋友，絕對不能惹她生氣。」她愈是這樣，我就愈想看她那張假面具能維持到什麼程度。

我想看她毀滅的樣子。

想看她被我逼到發狂，會吼出什麼話。每個人都穿著一身人皮，那些藏在人皮底下的真實，比野獸還可怕喔。

然而為什麼人們要努力維持著人形呢？為了利益啊，只要還有利益在，大家都會看起來很善良、行俠仗義。

我沒有發生過什麼事啊，我從以前就知道這種生存道理了，只要有錢，就能有朋友，可是我又不想對那些人花錢，所以我就利用了別的東西來達成效果。

但真要說有什麼真心友情，那大概是電視劇裡才有吧。

你看，這是我之前的同事，我還在公司的時候，整天對我獻殷勤——畢竟我跟經理很好嘛。明明她就也是想做老大的個性，卻為了討好我而放下身段，每天被我使喚也不敢說什麼，只敢在茶水間講講我的壞話，每次一傳到我耳裡，又滿口冤枉地來道歉，說她不是那個意思。

結果現在呢？

我傳訊給她，她也不曾回過我了。因為我對她來說再也沒有價值可言，這就是名為人類所在的世界啊。

那天，我也是這樣對盛采宜說的。

「很噁心。」

「啊？」

「我說妳很噁心。我應該沒有邀請妳來我的婚禮吧？上次告訴妳，就是單純為了刺激妳而已，妳現在說要來當伴娘，找這一堆窮酸的婚紗店是想怎樣？看我出糗？還是繼續幻想有一天博智會喜歡妳，會發生那種跟我結了婚又跟妳婚外情的情節？別傻了！不會有這種事的。」

「我……從沒奢望過什麼啊，我知道他不會喜歡我，但是，我只是想遠遠看著他，繼續喜歡他也不行嗎？」

我當下就打了她一巴掌，居然當著我這個正宮的面說喜歡他，她還真是愈來愈大膽了。

結果令人發毛的是，她居然笑了，她應該要發火才對啊，而且那笑容說有多陰森就有多陰森。

「品優，我的好朋友品優啊，妳跟我，最後是誰能去得了彼岸呢？如果我先去了，我還是會等妳的喔，因為我們是好朋友啊。」

她說完這莫名奇妙又噁心的話就走了，從那天到現在都沒聯絡過，她八成又想玩什麼把戲，結果房東你就來了。該不會被我說中了，她這次連你也串通起來了吧，她這刷存在感的招數，還真是日新月異哪！

陸辰君（29）I，朋友C。

真意外，沒想到來還個漫畫居然會遇到采宜的房東，若不是你剛剛在那裡問店員有沒有看過采宜，表情很嚴肅的模樣，我本來是不想插手的。

為什麼？因為，我大概知道她會消失吧。

不過，你怎麼知道要去漫畫店找她？喔、沒還的小說？真是粗心啊，她這老是忘記還書的習慣真是改不掉呢，為此她好像付了不少的逾期費喔。

我跟采宜當初也是在這家漫畫店認識的，因為每次想看的漫畫或小說，要寫在排隊名單時，都可以看見她的租書編號在我的前後。有次她來還書，我剛好可以借她還的，她一看我要借，就開心地誇我很有眼光。

「妳就是那個編號322？原來就是妳啊，我很常看見妳的編號在我的前後呢。」

「我也是，代表我們看的小說漫畫都差不多。」

「對了，上回那個《盜墓筆記》，實在太精采了！」

「對呀，又被三叔吊足胃口，真是又愛又恨。」

「沒錯、沒錯！還有啊……」

明明是第一次聊天，可是我們兩個話匣子一開就像好久不見的友人一樣，停不下來。一起去吃了晚餐、喝了咖啡，直到晚上快十一點了，才不捨地結束這意外相遇。

我們交換了聯絡方式，幾乎每天會一起討論著最新劇情，或我有什麼特別想看的，她會先讓給我，我看到她想看的，也會先幫她卡位排隊，平均一個月我們會見面兩次，除了吃飯，去逛書店也是必備的行程。

我們啊，只要一進書店，沒有三個小時是出不來的，連我男友都說很誇張，明明又不買書，進去後我們怎麼可以耗那麼久。

他不懂，因為去書店依然能討論各種書籍啊，還可以把想看的書全都記下來，之後再去漫畫店借，或是利用網路買。我們一起合買了不少書，等看完後，再拿去二手書店賣，換算下來比租還要划算。

除了有共同興趣之外，隨著我們愈來愈熟，她也會對我吐露不少心事。

嗯、是很沉重的心事。

前面有個比較安靜的咖啡館，老闆手沖的咖啡相當好喝，我們去那邊喝邊聊如何？

我喜歡咖啡啊，采宜也是，而且她手沖咖啡的技術很好喔，有次我喝了，還問她怎麼沒想去咖啡館工作呢，可她卻說，像她那種人，沒辦法做這種工作的。

為什麼？

因為她有人群恐懼症啊，這麼說不太對，應該說她非常討厭去有很多會打扮的人去的地方，比如說知名的商圈、百貨公司，每次只要一出現在那種地方，她就變得非常自卑，連走路都是低著頭，臉色也會很緊繃，看起來不像是假的。

偏偏我們最喜歡去的一間誠品，就在百貨公司裡面，每次經過那段人潮，她看起來都很痛苦的樣子，等進去書店內，才會慢慢恢復正常。

那時我就知道了，她的內心有某種障礙，而造成那障礙的陰影，恐怕比我想得還要大。

後來，我問她既然這樣，她又是怎麼學會沖咖啡的呢？她說其實她是自己一個人在家無聊，沖著玩，後來抓到了一些訣竅，久了就有自己的風格了，可她其實從沒沖給人喝過，我是第一個。

她很自卑，比你所想的還要自卑，她說只有在漫畫小說的世界裡，她才覺得快樂一些。當然，我當然也知道她的家庭狀況囉，她都會跟我說啊。

我應該是唯一了解並知道她所有事的人吧。

所以，我剛剛就說了，我並不意外她會失蹤，因為那天我就有預感了，那天之後我也許永遠都不會再見到她也說不定。

在說三月十九日那天的事之前，先說說以前吧，不然你也不會相信我為什麼能這麼斬釘截鐵。

我和她認識到現在也快四年了，是一段很長的時間，那個時候的她還在到處打工維持生活，她的工作也是這一、兩年才穩定下來的。

所以我們會去吃的餐廳基本都不會太貴，當然啦，我也沒什麼錢，而我也和她一樣，面對物質很少的生活，依然知足得很快樂。

大概是認識的第二年開始，她才慢慢敞開心房說些心事。

可她說的大多都是同一個人，一個叫馮品優的人。你見過她了？是嗎？那麼你應該就知道她的氣焰有多囂張了吧。

采宜根本就是為她作牛作馬，卻從來不被當成一回事。而且各種酸言酸語也常掛在嘴邊，采宜卻依舊和她當朋友。

「我知道只要我不理她就好了，可是如果一直都不回她或是不幫她做事的話，她就會把我的過去發到網路上去，而且還說一定會告訴我媽，我最不想讓我媽知道了，因為我總是在她面前裝作一副，即使我是一個人生活，也能活得很好、很多采多姿的樣子。如果讓我媽知道我曾經……她肯定會很開心吧，也一定會說她就知道我最後還是只能靠身體賺錢，真是活該之類的。」

「她如果把這些事情發到網路上，妳也能反擊啊，說她身為朋友卻冷眼旁觀，還把這些事情到處宣傳，大家會同情妳的。」

「我不要同情！辰君，妳知道嗎？我之所以信任妳是因為，妳從來不會同情我。」

「所以，妳只能這樣繼續忍耐她？直到永遠？」

「嗯……」

我很難過，因為我不知道怎麼幫助她，而她似乎也只能這樣了。

說起那個馮品優，她的所作所為真希望有一天能被很多人知道，而且我也很不明白為什麼她周遭的人都要那麼聽話，好像她身上擁有皇室血統，天生就必須要被愛戴似的。

就是因為她周遭的那些人，才造就了她這種跋扈的個性。采宜除了要隨傳隨到以外，她懶得打掃時，采宜也要去她家幫忙，幫忙就算了，有次打掃完，馮品優說她的私房錢少了一萬，直接要采宜交出來，否則就要報警告她。

那時我也是十萬火急的被采宜叫去，二話不說先拿一萬借她。

事後，采宜說她真的沒拿，也沒人要相信了，因為馮品優說，如果真的沒拿幹嘛還心虛地拿出一萬來還？

房東先生，我當初也露出和你一樣的表情。

那女人，那種壞到骨子裡的女人，到底憑什麼幸福的活在這個世界上？但社會就是這麼不公平啊。

「我只是生錯了，這輩子生錯了家庭，如果我也能有愛我的父母，有很多願意和我當朋友的朋友，我就不會這樣了。」

采宜最常這樣自怨自艾了，一開始聽到會覺得很負面，但換個角度想，這也許是她唯一能發洩的管道吧。

更過分的是有一次，裝出要約她一起出國的善良嘴臉，說想去韓國自助行，還說會送采宜韓幣購物金當作生日禮物。

那次采宜很開心也很感動，開心地和我說，也許她終於被當成朋友了。

結果呢？

她不過又是再一次被那個吸血蟲啃得一乾二淨而已。采宜負責了整個行程的安排，連搶廉航機票、訂便宜高CP民宿等等的工作都要她一個人處裡，馮品優開出了很嚴苛的預算，要她想辦法在這個範圍裡，把她想去的行程全部放進去。

費盡千辛萬苦好不容易出國了，采宜還要顧著馮品優和她的同事四人，完全是導遊不是出去玩，一路上被使喚又被罵行程排得爛不說，因為吃飯都是共食，吃烤肉的時候她只能吃拌飯，吃冰的時候，她只能喝最後融化的糖水，各種卑下的待遇聽了簡直不可思議。

當然，她還得全程幫大家拿東西，一度她喊了累，居然被馮品優罵個臭頭！睡覺時，因為沒人願意和她同房，她只能付比較高的費用住單人房……唉，說都說不完，我第一次看到有人居然花了大把的銀子出國受罪，太慘了！

回來後，馮品優還不饒人地四處去說，明明給了采宜不少錢，卻把她們的行程搞爛什麼的，這種做了壞事卻討拍的行為，我不懂其他人為什麼會相信她。

噢，這個後續其實我是在馮品優的社群上看到的。

我也不知道怎麼會有她好友，也許不小心加到的也說不定，有陣子我為了玩遊戲加了不少人，可能就是那個時候吧，所以我也很常看見馮品優在臉書上說采宜的事，甚至還過分到把全名打出來只打碼一個字。

我當然沒告訴采宜，這只會讓她更難過，不過她還是會滑到、看到，但總比我這個局外人告訴她好，不然她的自尊又會受傷一次。

那次出國事件後，采宜回來沒多久就生了一場大病，是肺炎，住院住了快一個禮拜，沒錢辦出院的她，打電話給馮品優求救，想當然被拒絕了。

我？我只能幫她出幾千塊，後來她還是有出院，她沒說錢是怎麼來的，她不想說，我也不會問。

每次看她活得那麼辛苦，就覺得很無力。

這樣的她在前陣子變得很快樂，她說，遇到了一個人，一個不是無視她而是真正看見她的人。

那個人是閔博智，一個她每天會在超商遇到的男人，我有看過那男的社群，因為長相帥氣和有錢的關係，追蹤人數也有好幾萬——其實我一開始很擔心，她會不會被騙？

這種人莫名奇妙的接近她，真的只是為了當朋友嗎？當然我沒有潑她冷水，那是唯一一次，我們出來聚餐，她不再抱怨任何事，而是快樂地分享喜悅。

「真不敢相信，我看的那些書，他也都有看過！不是隨便說說，是真的知道劇情，而且啊，他的觀點也很獨特，聽完他的感想，我又把那些書再看一次，感覺完全不同喔。」

「那很好啊，你們這麼合得來。」

「嗯，我也覺得。而且妳也知道我個性比較內向，這幾天一直都是他主動傳訊息給我，我才會和他聊，雖然我想說的話很多，但……真的回給他的卻很少……」

「采宜，妳明明對他也有好感，幹嘛這麼冷淡？」

「我……我也不知道，或許我覺得這可能是假的吧，妳看，明明跟我聊天的是他本人，為什麼他要假裝成他朋友呢？這搞不好是一場騙局也說不定。」

那個閔博智的行為的確很可疑，好像只是一時興起和采宜交換了聯絡方式，卻假裝成另一個人。采宜向來直覺敏銳，她說，有次排隊結帳時，剛好他在結帳櫃臺領舞台劇的票，所以順口向店員推薦了那場舞台劇。

「這場劇啊，我已經看第三次囉，北中南的場次都去過了，這次居然又再辦一次加演，實在是太棒了！我推薦你真的可以去看看。」

當時閔博智說過的這句話，在後來的來往訊息中，因為聊到了某本書，他又興高采烈地說了一模一樣的話。

采宜會確定是他本人是因為，當時他買的舞台劇門票只有一張，還跟店員稍微抱怨了周遭都沒朋友喜歡看舞台劇，所以一直都是一個人看。

采宜雖然發現了，但沒有戳破，直到後來他們決定正式見面前一天，她還緊張地問我，會是他本人親自來嗎？

「如果是的話，就代表他一開始只是害羞吧，而他對妳也一定是認真的。」

我依然記得那晚她有多興奮，她還說：「妳知道嗎？只有他看得見我，看見那個被藏在層層牆內的我。」

「難道我不算嗎？」

「不算喔，妳還沒看到。」

「真是的，突然被這樣說，有點受傷呢。」

「他是唯一一個，和我認識沒多久，卻輕易看穿我的人。」

「越過了，醜陋的部分嗎？」

「是的，越過了那部分。」

我那時覺得，也許我是停在她醜陋的部分，而忘了要再繼續往前，以為這就是盡頭了。而閔博智，卻是一口氣抵達終點，才會那麼打動她吧。

我很為她祝福喔，真的。

沒想到隔天她卻傳訊：「夢醒了。」我有預感是馮品優破壞了一切。更可憐的是，緊接著他們又三個人一起出遊，而那一天，剛好是采宜的生日。

出遊那天，聽說她完全被當成了多餘的人，明明是生日，可他們卻完全沒人說句生日快樂，而他們的眼裡也完全看不到她。這些，都是當時她傳訊息告訴我的，我一直拿著手機在線上陪她度過難熬的時刻，直到她回家。

我只能說，馮品優是個殘忍又噁心的女人，我太想不透了，她明明這麼壞，大家幹嘛怕她。就像哆啦A碰裡的胖虎，一直欺負著大雄，周遭的人卻依然和他當朋友。

要再續杯嗎？說著這些邪惡到發臭的惡意，嘴巴麻痺到都嚐不到咖啡的味道了。我不累，我會把采宜的事情好好交代給你的。

某種程度上，我覺得，也許你會找得到她，讓她回來吧，少了她的日子，我的生活變得索然無味。

後來馮品優很快就和對方在一起了。那男的似乎還是會偷偷和采宜聊天，我不懂他到底想幹嘛，但既然他選了光鮮亮麗的那一方，就不該讓采宜還抱著這種不切實際的希望。

「沒關係，只有這樣也沒關係，至少他還是會和我聊天就好了。」

我猜，她也許想著，只要這樣默默等待，等久了那個人就會回頭，但她不知道，他只是在玩弄、甚至是拿她當打發時間的人而已。

男人啊，都是這樣的。

你看我的身材也知道，並不是受大眾喜歡的身材，人總是以外表去決定一切，其次是金錢，擁有了這兩樣東西的人總是可以站在頂端，俯視著一切，所以某種程度上，我可以理解馮品優的自傲。

但如果是我，即便到達了那樣的境界，也不會這樣欺負人，絕對不會。

我和采宜都是屬於沒有男人緣的那種，認識她的這四年來，我們會一起度過聖誕節、情人節或是跨年。我們在那些情侶走滿街的路上，沒人注意過我們，好像我們就該這樣單著一樣，這就是現實啊。

當然去年之後，我的生活有了一點改變就是。

我遇到了我男友，當然是他來追我的，我一開始以為他想玩弄我，遲遲不答應，後來才慢慢相信他，你看一晃眼也快一年了，我現在非常幸福。當然一開始，采宜不是很習慣這種變化，聖誕節和跨年我們還是一起過，只不過變成了三個人這件事，也許讓她很不自在。

我猜，會不會是因為我有了男友，才讓她又更渴望愛情了，所以這次才會這麼受傷。

我之前說過了吧，采宜有人群恐懼症，那樣的她，即使介紹好男人給她，光是她的自閉與冷淡，就會把人給嚇跑。

我男友也曾經很熱心地介紹身邊的朋友給她，可他的朋友都說她很陰沉、防備心又重，想單獨約喝咖啡，她也不願意，還反過來說覺得這樣很隨便——唉，我也拿她沒辦法。

除了像閔博智那種吃膩了山珍海味，突然想嚐點清粥小菜的人，才會對采宜有興趣，她吸引到的都是這種不好的男人，而她似乎也只會對這種人動心。

什麼？想看看我男友？這是我們的合照。

又是這種表情。

別在意，房東先生，每個人看到都和你的表情一樣，覺得不可思議，這樣的兩個人會是情侶，就像偶像劇會拍的情節一樣。

對、他的確很帥，可是他不有錢啦，一個普通上班族而已。我知道你想說什麼，你想說，既然我男友都是這樣可遇不可求的對象了，為什麼卻認為接近采宜的就一定不是好人。

因為我男友不一樣啊，他以前接連被好幾任女友劈腿，太過傷心又有陰影，才會想要找像我這樣有點安全感的女人，所以我們才能這麼幸福吧，但像他這樣的人太少了，不能怪我以偏概全，只能說我比較幸運吧，才能跟這樣的男友在一起。

采宜她啊，就是運氣太不好了。

有一次，她好像還偷偷喜歡上公司的同事喔，那個同事長得還好，屬於靦腆型的男生，也許是男性直覺，他竟然主動和采宜交換了LINE，兩人每天曖昧得就像男女朋友一樣。

問采宜喜歡他什麼，她很坦白地說，剛好他長得讓她很心動。

這句話，她明明只和我一個人說過，卻不知怎麼地傳到那男的耳裡。

「我以為妳跟其他人不一樣，是因為了解我才喜歡我的。」

「咦？不、其實我……」

「不用解釋了，明天的約會也取消吧。」

他們差那麼一點，就能正式約會了，卻突然又變成了泡影。

當然不可能是我說的，我和她又不同公司，怎麼可能會是我呢？

那次的她，都還沒這次失落，她只是苦笑地說，內心話好像被男生發現了。下次我們再見面時，她又恢復成平常的樣子，抱怨很多事，也不再談論關於那男生的話題。

我一直很擔心，她會不會從那次之後，就不敢再喜歡人了，所以一開始，她說起閔博智，我是很替她開心的，直到看了他的照片，我才反對起來。

事實證明，我看人很準，他還是傷害了她，所以讓采宜失蹤的罪魁禍首，有兩個人。

是嗎？已經說到這了啊。終究，是要好好對你交代三月十九日，采宜和我到底都說了什麼……那些話其實乍聽沒什麼特別的，是我後來又在家想了想，才覺得很擔心，擔心她會不會要做什麼傻事。

而我，卻連一點阻止她的辦法都沒有。

那天大約下午三點，她突然跑到我家附近的咖啡廳，傳了訊息要我過去一下，那時光看這突如其來的邀約，我就已經有了不好的預感。

我們相約的地點是一間相當昂貴的下午茶餐廳。

那間餐廳很有名，對、就是你說的那間，連新聞都報導過了，眾所皆知也是應該的。當然了，價值不菲，吃幾塊蛋糕點杯飲料就要好幾千塊。我們每次經過都很羨慕能在裡面用餐的人，心想那些蛋糕該是有多好吃啊。

所以當她約我去那時，我本來想先匯合再拒絕的，我身上根本沒有那個錢吃這種大餐，但她卻說要請我。

「又不是什麼特別的節日，請我幹嘛？」

「誰說一定要特別的節日？就當因為今天天氣很好吧。」

這餐我們兩個人吃下來，她三分之一的薪水都沒了，我實在不敢相信只因為天氣很好就要請我這種理由。

可當我一踏進店裡，被這嚮往已久的店給包圍時，那些疑問全都被拋諸腦後。

那間餐廳散發著一種清新的香味，服務生還會禮貌地替我拉椅子，連端上來的蛋糕都相當精緻，是放在歐洲電影才有的三層下午茶盤內。一切是那麼優雅又高級，一時之間我真的忘了，或著該說抱著一種既然對方說要請，所以我就好好享受的心態，刻意遺忘。

「和我們想像中的一樣，對吧？」

「是說，妳哪來的錢請我啊？」

「妳就沒想過我可能中樂透了？放心吧，不會讓妳留在這裡洗碗的。」

那瞬間，我忽然感覺，她是不是打算去很遠的地方，人的直覺有時準得很可怕。

「發生什麼事了嗎？」

「妳看，我們在裡面了。」

「嗯？」

「曾經我們也像那些來往的路人一樣，經過的時候，羨慕地匆匆瞥一眼，對他們來說這裡雖然不至於遙不可及，卻會讓他們來一次就得拮据一個月，可這裡仍然像個希望之塔，就像蓋茲比老是望著對面的綠光一樣，那是一種希望、一個指標，然而當蓋茲比也到達了對面呢？憧憬的一切，還和自己想得一樣嗎？」

「是《大亨小傳》啊……某種程度上，的確很像呢。我們現在在這裡面了，我覺得很夢幻、很不真實，蛋糕好吃到太幸福，一切都跟我憧憬的一樣喔。」

「是嗎？畢竟這裡是知名甜點店啊，怎麼可能差到哪。」

「發生了什麼和妳想得不一樣的事嗎？」

「有啊，很多很多。很多人、很多東西，我自以為只要擁有了，就能和別人一樣幸福，可到頭來，我就像蓋茲比，看起來得到了很多，實際上我的內心早就跟那棟人去樓空的房子一樣，什麼也沒有。」

「妳最近，得到了什麼嗎？真的中樂透啦。」

「幹嘛？想要分紅嗎？騙妳的，沒有什麼樂透，這些錢是我自己存的，妳就放心吃吧。」

她當時眼前的蛋糕只吃了一口，之後便只看著我把蛋糕全數掃光。

「記得《糖果屋》的故事嗎？啊，妳不可能不記得，幾年前推出《女巫獵人》的時候還一起去看了，那是我們一起看的第一部電影吧？」

「好懷念啊，那部電影真好看。」

「仔細想想，巫婆根本沒必要餵他們吃東西不是嗎？她的生活被那對兄妹闖進來，還無理地亂吃自己的房子，就算當場把他們殺了也在情理之中吧。」

「所以妳認為呢？」

「那些小孩大口大口吃掉的，只是他們心中的貪婪，而貪婪被揭穿，他們便裝起了受害者，打著正義之名殺死巫婆，回去再四處造謠。真正的真相，將被他們永遠藏在心底……戲演久了，連自己都相信了。」

「妳今天真的好奇怪，雖然平常我們也像這樣聊一些感觸，但妳今天說的我怎麼聽不懂？」

她停頓半晌，完全不理會我又繼續說：「沒有人知道，巫婆根本沒打算殺他們，沒有人知道，巫婆其實比誰都還喜歡小孩，否則她也不會蓋這樣的房子，巫婆想要他們理解的，只是尊重兩個字而已。」

「可是有些真相，並不被喜歡和接受不是嗎？」

「對，這種劇情連我看了都會覺得爛。這個世界，就是這樣在判斷任何事物啊。」

「巫婆還真是可憐啊，明明心善卻沒人知道。」

「是嗎？她很可憐嗎？這個故事有個環節被漏掉了，因為就連主角的兄妹也不知道還有個隱藏角色在裡面。」

「喔？」

「那就是原本住在森林附近的一位老婆婆，她不但曾目睹兄妹們被抓起來，還日日窺視糖果屋的情況。」

「也就是說她擁有上帝之眼。」

「沒錯，一個知道所有故事原貌的旁觀者，就好比我們這些用著上帝視角的讀者們一樣。老婆婆一直知道女巫的存在，也知道那個女巫居然沒有好好當好一個壞人，對此她非常不屑，因為這違反了角色常理。什麼樣的人就該活成什麼樣子，所以當巫婆抓人時，她很興奮，心想著巫婆總算要做點壞事了。」

「真可惜，老婆婆的預想落空了。」

「所以，她在某一天的深夜，趁著巫婆睡著時，偷偷闖進屋內打開鐵門，還放了一把斧頭在兄妹的手邊。一切就如同她所算計的，他們成功殺掉巫婆逃脫，並相當滿意兄妹將經過美化成一個勇敢的童話故事，她讓他們得一輩子藏著祕密活下去，並且日日害怕哪一天，那個給了他們斧頭的人會拆穿他們的謊言。」

「她最後當然沒這麼做吧，不然就不會有這個童話故事了。」

「她當然不會這麼做，因為一直觀察這些人抱著祕密痛苦地活著，是多大的樂趣啊。」

「妳……怎麼會知道這個故事啊？」

「忘了，滑手機的時候看到的吧。現在的內容農場那麼多，會有人掰出這個也不奇怪。」

我一直覺得，這個故事藏了什麼祕密在裡面，我卻無法領悟，只知道采宜敘述的時候，表情一點變化也沒有，我也就無法得到什麼暗示了。

「可是那個老婆婆並沒有持續這種日子直到自然死亡。」

「咦？」

「有一天，巫婆和魔鬼作了交易，從彼岸回來了。巫婆做的第一件事就是去找老婆婆，她告訴她：『我一直知道妳以觀察我為樂，妳以為我很善良、不殺生，怎麼就沒想過，這些都是我故意演給妳看的呢？』巫婆說完這句話，就把老婆婆殺了。」

「這、殺了？」劇情轉折得太快，我差點沒被花茶給嗆到。

「是啊，殺了老婆婆之後，再自殺，她費盡心思去和魔鬼換來的生命，卻只使用了一下下就不要了，因為巫婆說：『我得讓妳知道，在彼岸裡，誰都沒辦法僥倖生存，這裡比任何地方都還要公平。』」

「彼岸……」

她接著說：「原先我覺得巫婆很蠢，為了報仇白白浪費好不容易換來的生命。」

「是很蠢，還相當無知。她殺了她又有什麼用？老婆婆雖然是害死她的人，選擇權卻在兄妹身上不是嗎？」

「沒錯，那又為什麼，她還要殺了她又自殺呢？」

「是自卑吧，擔心已經被傳得如此糟糕的自己，無法好好生存下去。」

「不，我覺得是因為，從此她跟老婆婆的地位就平等了，那個一直自以為高人一等的老婆婆，終於和巫婆的地位平等了。」

「……」

「所以，彼岸會削去所有的地位和權力，只剩下最原始的慾望，考驗著誰能在那裡生存下來。」

關於這個童話故事外傳的辯論，到這裡就沒有下文了。因為我接不下去，不知為什麼，事後我愈想，愈這個故事很詭異。

我甚至很擔心，她會不會做些什麼傻事，為了變成魔鬼向那個盛氣凌人的馮品優復仇，就先殺了自己。

那天之後，我就再也聯絡不上她了，這幾天我每天都會故意經過那家甜點店，也會天天跑去漫畫店問店員她有沒有來。但她消失了，消失得很徹底，連社群帳號都沒有按讚的動態……

啊，我沒有她的帳密啦，只是我有社群網站的依賴症，自認我滑臉書啦、推特啦、IG那些的時間占了很大部分，而且我社群的好友又不多，過去只要采宜有按了誰讚，都會出現在我的動態上。

她是真的消失了，在今天以前，我很擔心，卻又不知道找誰說別人會相信我，因為我沒有任何的證據。而且那天她離開的時候，車子騎的方向並不是往她家，她看起來，就像還要去找誰一樣。

我也許和她認識得不算久，但我是唯一那個，知道她所有負面的人，所以我才能如此篤定，她說的那個彼岸，也許真的是彼岸也說不定。

記得幾年前有個研究學者為了想知道死後的世界是怎樣的，竟然就這樣把自己給吊死了嗎？那天我忽然有個感覺，她會不會也像那個學者一樣，做了這種實驗呢？

閔博智（35）I，朋友的未婚夫。

小采失蹤了？

噢、「小采」這個暱稱啊，我從一開始就這麼叫她囉。那時剛交換了LINE，問她有沒有什麼綽號，她說因為她從以前人際關係就不好，綽號都非常難聽，我就說那就叫她小采吧，這樣才不會那麼生疏，而且聽起來也比較可愛。

老實說我真的嚇了一跳，本來我問起品優，說最近怎麼都沒看她那個好朋友來找她了，她才說出你有和她見面的事，所以我才讓她跟你聯絡，我覺得雖然我跟小采沒有熟到哪去，但我分享的事多少也有點幫助。

品優為什麼沒有綽號？呵呵，因為她是特別的啊，特別的女人就該有特別的待遇。你應該已經知道我們要結婚了吧？她真的是我的理想型，在遇見她之前，我完全沒想過要結婚，我一直以為自己不會踏進那個墳墓裡，但遇見品優後，我改變了這個想法。

她就像個名牌女人。

這麼比喻也許會很浮誇，但她真的就是。

她的品味和她的名字一樣講究，吃的、用的、穿的，那些品牌沒有一點內涵的女人根本就不懂。帶著她出席各種聚會，她也從來沒讓我丟臉過，交際的手腕相當適宜。我要的不是那種出得了廳堂、下得了廚房的女人，我不需要她會打掃洗衣做飯，那種事請傭人來做就行了，我要她永遠都像一朵不會凋零的玫瑰，而且我不要她懂得太多，一山不容二虎這道理你懂吧，我可不需要一個事事都要和我爭論到底的女人，我要她什麼都不懂，只管崇拜我就行了。

品優就是這樣的女人。

一個懂得享受生活、對男人撒嬌示弱，還會盡本分睜一隻眼、閉一隻眼。

——我說得太露骨了嗎？

她真的就是這樣喔，就算我們的婚約在即，她也知道我還有好幾個紅粉知己，她卻識相地裝傻。這就對了，只有這樣的女人，才有辦法和我結婚。

我之前也有遇過許多不錯的，每當我對她們說：「即使我現在和妳在一起了，我和其他女人也不會斷聯，但正宮就只有妳。」那些女人每次嘴巴上說好、做得到，可之後各種情緒化和無理取鬧都證明了她們不能。

品優做得到，而且不是裝的，她真的不在乎，她在乎的是她的地位是不是正位，並確保各種重要的場合，出席的人會是她就夠了。

講白了我們是各取所需，所以才能這麼理想又契合，這樣的我們還不結婚的話，可是會遭天譴的。

啊、一不小心就誇老婆誇到忘了正事了，我約你可是要聊小采啊。

不瞞你說，其實我觀察小采也有一段日子，否則我也不會主動去找她交換聯絡方式。我發現我們經常在同一個時間點出現在超商，有好幾次我都排在她的後面，看著她總是素著一張臉，穿著打扮也相當清新，而且她的身高剛好落在我的胸口，是我最喜歡的女生身高。

有次她打開皮夾時，我注意到裡面擺了一張電影首映會的票，和我的那張一模一樣，可以拿到那張票的人，可不是有錢有權就行的，那是由某個影評論壇專屬發放，能成為論壇的一員，必須要繳交十部指定電影的影評，由論壇內的會員投票表決，過七成票數的人才能成為一員。

進入論壇後，可以經常享有很多電影的首映會資格，而且票券也印有論壇的專屬花紋，以熱愛電影的人來說，可以拿到那種票，身分就是很不一樣。

我很意外，她居然和我一樣是會員，可我沒有主動和她說話，依照我閱女無數的經驗，像她那種型的女生，如果突然被我這種顏值和高水準的人搭訕，她的防備心肯定會加倍。

對她這樣的女人得小心翼翼，得用一點小花招，當我開始想著要怎麼接近她時，心情上有點雀躍，這就好像剛拿到一個新玩具的男孩，歪頭側想要怎麼玩會更有趣。

用食物來比喻，她就是我久違的一道清粥小菜。

我觀察她好一段日子，且刻意在結帳時，搶先她一步，讓她慢慢注意到我這個人，等到時機成熟，我試探地去搭訕，裝出她會喜歡的靦腆態度，果然就輕鬆拿到聯絡方式。

她給我一種驚喜的意外感，我以為她很宅，並不擅常聊天，但和她聊天總是不知不覺就會聊很久，當然有共同的喜好也是原因之一，主要是她真的很對我的胃。

對胃卻又有點敬而遠之。

因為她不是那種可以適應我的遊戲規則的女人，同時她也無法勝任正宮的位子。她看起來很唯諾，事實上很有主見，而且還不太喜歡交代行蹤，她總說晚上的時候都是在家，但我總覺得那是騙我的，像這種無法聽我的話的女人，我的興趣就減了一大半。

你覺得我很自私嗎？

這種想法很正常吧。

男人本來就可以到處玩樂，但女人不行。我沒辦法容許我的女人腳踏兩條船還和別人曖昧，甚至經常出入一些夜店等場所，這更不行！

不只是我的未婚妻，我其他的幾個女朋友她們都知道我的底線，所以她們都很乖，用著我給的零用錢去做一些有興趣也有質感的事，我反而覺得她們遇見我很幸運，因為我讓她們的人生有了不一樣的改變。

我的女人最近還要辦畫展，你有興趣可以去看看，她跟了我最久，大概有七、八年了吧，因為她總是很遵守遊戲規則。這幾年來她的姿色和美貌都維持得很好，即使因為我的栽培讓她成了小有名氣的畫家，但她在我面前從來不會炫耀這些我給她的東西，總是一如最初，又乖又安靜，像朵時間被靜止的花，我最喜歡的女人就是她了。

小采的話，即使我栽培她，她也沒辦法變成這樣吧，我覺得她很適合學習陶藝，當我這麼問她時，她卻說完全沒興趣。我問她那如果我讓她去學呢？她居然反問我為什麼可以指使她該有什麼興趣？我當下是以玩笑話哈哈帶過。她啊！連成為女朋友都不行！真是可惜了，好不容易有個人可以聊電影。

所以，我決定約她出來見面。

哈哈、沒錯。我確實是想著，如果第一次見面能發生個關係再結束的話會比較好、比較划算，不然我都在她身上花了那麼多時間了，不撈點什麼我不就虧大了。

萬萬沒想到的是，我在那一天遇見了品優，我命中註定的女人，而且我很確信，品優也是從第一眼見到我，就這麼認為了。

我很快得到第二次出遊的機會，在那一整天相處下來，我傳達了很多規矩，就藏在那些看起來不經意的聊天之中，品優很聰明，都聽懂了，還巧妙地給了我一些回應。

只不過，小采的臉色就不太好了，我不覺得對不起她，她應該要為自己感到驕傲，因為她促成了一段這麼好的姻緣。

我和品優很快就進入曖昧期，同時我又很想知道，小采到底會不會因為品優的關係而吃醋——你說對了，我很喜歡看女人為我爭風吃醋的樣子，那種快感也是買不到的。

最後一次三個人一起出來的時候，我們去了一間高級的小酒館，小采竟然穿得相當樸素，樸素到不合時宜了，還好那家店我很熟了，不然我還真有點掛不住臉。

當天晚上，品優在我送她回家後就說，家裡的燈泡壞了，希望我可以幫忙，我當然聽出這其中的暗示囉，所以就毫不猶豫答應了。換完燈泡，我故意不主動，讓她自己來勾引我，那有點笨拙的模樣讓我愈來愈喜歡，我們就這麼順理成章在一起了。

那一晚品優給我的感受很驚喜，我以為她是個身經百戰的女人，可是她卻相當清純，我不管那是裝的也好還是怎樣，至少她裝得很不錯，很少有女人連在床上都能給我這麼大的成就感，我得說她的確很懂男人要什麼。

你別誤會，我可沒有歧視女性的意思，對我來說，她們每個人都是一株獨特的花，等著男人去好好地品嘗，而像我這樣站在社會頂端的人，則更有資格去採各種花卉來收藏，如果人生還可以有下一世，我還想當個男人。

你等等，我接個電話，這個女人啊，對我飢渴得很，她家住得非常遠，我因為忙又有點懶，沒辦法常常去找她，她為了做愛，經常半夜搭著計程車來找我呢。

覺得太誇張嗎？我告訴你，只要你有錢又有點帥，那麼自己送上門的女人，數都數不完。

我忽然想到一件事，不過我認為那也沒什麼大不了的，每個人都會有想發洩情緒的時候，只是寫出那種東西的人竟然是品優讓我很意外。

我們要結婚了嘛，所以她逐漸把一些東西慢慢搬到新家，你上次跟她見面的那個家再過不久就要解約了，所以現在只要有空我都會去幫她整理東西，有次她和姊妹們去逛街，我提早結束工作沒有告訴她，想說多少幫她收拾一點東西，就是那時在一個舊櫃子裡發現一本日記。

先說那個櫃子被堆在儲物間，每一層抽屜都是空的，還有一堆灰塵，我發現抽屜好像有點關不太起來，在把整個抽屜抽出來後，看到裡面那本又舊又髒的日記，日記內那獨特的字跡讓我馬上認出是品優所寫。

該不會是掉在裡面不知道吧？也不知道是多久前寫的？基於人類的好奇心，我偷偷翻閱，心想著反正絕對不是她近幾年的東西，這櫃子應該只是她不知道該怎麼處理，才被她丟來儲物間。

果不其然，日記大約是從她國中寫到高中的內容。

本來我看了幾頁覺得無聊，結果突然出現小采的名字，讓我有了興趣。我想起她們是從學生時代就認識的。

我當然不記得內容，我哪有空記那些，但我有拍照，一起看看？我幹嘛拍照保留？這樣的東西很有趣不是嗎？

「醜女采今天又帶了一堆幸運手鍊來學校，一群白癡女生還圍著她，喊著好厲害喔，采宜居然會編織手鍊！是豬嗎？那種東西，隨便做我也會，在那邊吵著我也要、我也要的，是乞丐吧？這群人。」

「大家終於發現醜女采拿著那些窮酸的東西，目的是交朋友了，也發現她的衣服又舊又髒，還開始有人說她的行為很噁心，我非常滿意，這樣才對吧！」

「現在，大家的目光都在我身上，只要生日我就讓我媽帶麥當勞來請全班吃，平常我也會讓我媽買一些便宜的手鍊來送女生，大家都很喜歡我，然後不喜歡那個醜女采，太棒了！」

「她那是什麼眼神？是忌妒我吧？忌妒我可以人緣這麼好，每次只要看到她的眼睛，就噁心到想吐，雖然現在她的座位也在垃圾桶旁邊了剛剛好，但我還是覺得她好礙眼喔，這是為什麼呢？」

「我知道了，她一定是想搶走我的東西吧？她總是跟班長愈走愈近，是想利用她吧！我不能讓這種事發生。」

「今天的心情實在是太好了！我跑去跟一個看起來有在混的學姐說，醜女采很下賤，跑去勾引了她男朋友，人家不要她，她還一直纏著，想不到學姐居然信了，現在天天找她麻煩呢。」

「那些學姐也沒多少耐心嘛，找她麻煩一陣子就厭煩了，還好我又傳出不少謠言，現在啊，她的災難是不會停止的喔，我不懂，為什麼我會討厭她呢？」

「我知道原因了，一定是因為，不管她怎麼被欺負，都還是裝著一張好人臉，還不停地像個乞丐一樣，對接近她的人笑，害得我要常常製造新的謠言，不然就會有些蠢蛋相信她、又跟她當朋友了。她不配有朋友，誰叫她從一開始就搞錯了誰才能當這個班的老大。」

「真衰，好不容易上高中了，又得連續三年天天看著那個醜女采，她是不是故意的？一定是吧，她就是想要跟我比。」

「最近，又有另一個不知好歹的婊子出現了，仗著自己稍微漂亮一點就那麼囂張，完全不把我當回事，我不能讓她繼續這樣下去，我要找機會。」

「醜女采到底有沒有自知之明？我幫她根本不是因為我想幫她好嗎？不過大家因此對我印象超好，一下子我又是這個班最亮眼的人了！原來是這麼回事啊，原來這個世界的規則這麼簡單啊，我之前怎麼都沒想到呢？但我不會感謝醜女采的，那是我資質好才能領悟。」

「要畢業了，有醜女采在身邊使喚真好用，我愈來愈喜歡看她對我俯首稱臣的模樣，那比之前看她很慘還要有快感，不如，我就一舉把她的人生毀個乾淨吧。」

很恐怖嗎？還好吧，這叫什麼？那個形容詞是什麼來著？啊、中二，我是很驚訝有質感的品優，在學生時代居然寫出這麼中二的日記，但我沒覺得哪裡不好啊。

我反而更覺得她很聰明，你看，她那時才幾歲，就已經發現了現實社會生存的訣竅，還一直站在金字塔的頂端，這才是配得上我的女人。

至於她一直暗地陷害小采這點，她也沒真的摧毀她的人生啊！她不是還活得好好的，然後還自己培養出了看電影的品味，我覺得品優讓她提早體驗社會的殘酷，反而對她有幫助吧。

最重要的是，現在品優完全不把她當回事，也沒有再陷害她了不是嗎？人都有犯錯的時候，我覺得不應該以日記這種東西，就質疑一個人。啊、我剛剛好像說了很經典的一段話，是不是？

說了這麼多，我覺得問題應該還是在小采身上。以前我唸書的時候，班上也有很多這種不擅交際的同學，他們身上總是散發著一種會被討厭的味道，所以我很能理解品優的心情，當然也就沒讓她看到那本日記了，我猜她應該也早忘了吧。

我剛剛會這樣說小采，是因為小采已經知道我和品優在一起了，還會偷偷和我聊天，聊天的話題都是電影，有時為了打發時間我也是會回，但有好幾次，她都在暗示要不要兩個人私下出來，我覺得這種行為不是很好，那種閨蜜搶了男人的事，果真會發生呢。

我當然沒有答應囉！前面我就說過了，小采不是我玩得起的女人，她啊，只要一旦碰過了，甩都甩不掉，還有可能會鬧到人盡皆知呢。

她後來真的愈來愈超過，有一次，還故意在我家門口等我。什麼時候？嗯……就是我剛和品優在一起沒多久的事。

她說自己做了磅蛋糕，不小心做太多了，想要分一些給我。

「啊、我怕你吃蛋糕口渴，還帶了伯爵茶來，喏。」

「還是，妳要一起上來吃？」其實我當時這麼說只是客套，她還真的答應了。我盤算著等等要怎麼打發她走，又算著品優何時會回來。

她上去我家後，為了避免尷尬，就帶她去參觀書房，一進去書房，她馬上被那驚人的藏書量給吸引。

「天啊、好多書喔！我不知道你這麼喜歡看書，這邊的櫃子全是有改編成電影的原著耶。」

「是啊，有原著的電影，我都會看完電影才看原著。」

「這樣順序好像相反了，不是先看原著再看電影嗎？」

「基本上小說被改編成電影，已經是二次創作，兩種東西不一樣，小說可以講的東西和篇幅沒有限制，電影就不同了。」

「怎麼感覺，你比之前更有魅力了呢？」她隨手抽出一本《再見，總有一天》。

同樣熱愛電影的我們，都知道這本書所代表的意義——是一本關於出軌的小說，而且是由女主角主動去色誘已經有未婚妻的男主角。

「茶都快冷了，走吧。」我就此打住，她的表情有點窘態，我卻視而不見。空間轉換成開放的客廳時，前面在書房隨時都要擦槍走火的感覺果然消停了不少，我當然不是怕發生什麼，我有那麼多女朋友，就算和她怎樣了又怎樣，但我說了，她玩不起我的規則，即使我的收藏中，一直缺少了森林系女孩也一樣。

「前陣子，《格雷》電影版出了第二集，那種類型的電影，你也有看嗎？」她托著下巴，眼神無辜得像是她不是故意挑起這話題的樣子。

「是嗎？我沒怎麼看。」

「明明你剛剛的收藏裡也有原著，居然沒看電影？」

「……妳到底想幹嘛？」

「沒想幹嘛，就是找你討論電影而已。」

「這樣單獨和自己姊妹的男友見面，也算是沒想怎樣？」

「原來，身分變了啊。」

「啊？」

「本來是我們先認識的，我們不是朋友嗎？但現在你卻成了姊妹的男友，一種遠到快要看不到的關係。」

「妳該回去了。」

我沒有送她下去，並迅速將吃剩的蛋糕丟進廚餘桶，接著把杯子洗乾淨，讓家裡維持著誰也沒來過的樣子。

一個多小時後，品優提著大包小包回來了，買了很多她想要的東西，她顯得很開心。她是個很好滿足的女人，只要給她足夠的錢，滿足她的奢侈慾，她不會想再要求什麼，當然也包括性方面，她從來不會問我，為什麼最近的次數減少的蠢問題。

終究，她是個女人。我覺得女人這種生物的直覺，有時很可怕。

放完東西後，她居然踏進了根本沒進去幾次的書房，我當然馬上跟上去。

「妳不是對看書沒興趣嗎？」

「我今天順便看了一部狗的電影，想說看看你這裡會不會有原著的小說啊。咦？這本書怎麼被丟在這裡？」

她指著被放在地上的《再見，總有一天》，隨性撿起來，找到書櫃上的空隙塞回去，「你居然也會有把書放在地上的時候，真不像你。」

「剛剛進來找書，忘了把這本放回去了。」

「什麼書啊？」

「史蒂芬・金的一本書，剛好電視在重播他的改編電影。」我故意說出她根本不懂也不想懂的人名後，果然就放棄了。

「史蒂芬・金？完全沒聽過。但我總覺得，這書房留下一股很熟悉的味道。」

「有疑心的妳就不可愛了，妳該知道我不喜歡別人過問太多事吧？」我立刻板起臉，剛剛和她解釋了兩句，她就有點得寸進尺了。

「我知道啊，但我是即將成為你老婆的人，問問的資格都沒有嗎？」

「而我，也是可以瞬間讓妳成為路人的人，我希望妳最好記清楚我的規則，即便結了婚，要是妳表現不好，我一樣隨時可以換掉妳，且別想分到任何一毛財產。在正式登記結婚前，妳得簽下婚前協議書才行，這點妳應該沒忘吧？」

勝利。

我還是喜歡當那個掌權者，即使是如精品一樣的女人，還是得需要下馬威，確保她可以記得主人是誰。

我沒有錯過，她眼神裡的不甘，以及痛恨自己竟然為此屈服的羞辱，我沒有特別爽快，只覺得可惜，她應該要再更聰明一點，但我已經找不到更好的就是。

當天晚上，她主動穿上一身性感睡衣，在床上百般討好，隔天還早早出門排隊買早餐，算是有心了。

我又講了一堆無關的事嗎？好吧，那你還想聽什麼？三月十九日那天？她沒有來找過我。我和她最後一次見面就是剛剛跟你說的那天。

我幹嘛要說謊？這是事實。你又為什麼要指定三月十九日那天？那天有什麼狀況嗎？

好，你不說就算了，我已經把我所知道的小采告訴你，我猜她也許是有點打擊太大才會突然失蹤吧。失戀的女人是需要散心的，像她那樣死心踏地的女人更是如此。

啊、等等，我想起來了。

三月十九日……那天是禮拜天吧？

我雖然沒跟她見過面，但她那天有主動聯繫過我，那時我正巧在和客戶吃午餐，她忽然打了電話給我。當然，我完全不知道為什麼她有我的電話號碼，照理來說我們只有交換過 LINE 而已，所以接起來時很驚訝。

「是我。」

「妳是……小采？」

「你居然只聽聲音就認出我了。」

「怎麼了嗎？突然打電話來。」

「我記得之前你說過，很想吃看看有家常味的佛跳牆，所以我就做了一些，想說拿去給你，方便嗎？」

「佛跳牆？可是我現在正在外面吃午餐，不是很方便。」

「這樣啊，那沒關係，你幾點有空，我拿去你家。」

「幾點啊……這樣吧，妳六點拿來我家，既然妳都做了，吃看看吧。」

「真的？好！我會準時送去的。」

她的聲音聽起來很開心，我也有那麼一點點期待啦，因為這算是第一次，有人把我隨口講過的話記在心裡，還真的親手做了佛跳牆給我。

只是那天很不巧，等我忙完所有的事趕回家已經是晚上六點半了，門口散發著一股佛跳牆的味道，卻不見東西，開門進去後，就看見品優百般無聊地在轉電視。

「今天這麼早？吃了嗎？」

「還沒。」

「那好，我們去吃那間新開的海鮮餐廳吧，我去換個衣服。」

品優看起來就跟平常一樣，表情一點不自然也沒有，可門口的佛跳牆氣味卻讓我很在意，和品優出門時，偷偷再次查看一下門口，確實什麼也沒有。

「今天妳怎麼沒出門？妳不是最近都跟姊妹們到處逛嗎？」
「每天逛累死了，我今天在家睡到下午才起來，怎麼了嗎？」
「妳說的那家餐廳在哪啊？」
「在百貨公司那啊。」

也不知道是不是因為太在意了，開出社區的第一個路口，我彷彿看見小采在對面的馬路看著我們離開，面無表情到像鬼一樣，我心虛地立刻別開眼。之後，她沒再打電話來。

我因為不知道這樣算不算見過面，所以沒馬上想到，絕對不是刻意隱瞞，好了，時間也差不多，晚上我還得跟客戶吃飯，先這樣吧。

對了，如果有任何小采的消息，請你打電話給我，這是我的名片。雖然我覺得她很單純又有點糾纏，但我還是希望她能一切都好。

獨白（二）

我清醒在一片冰冷的世界，這個世界再也沒有任何冰牆可以困住我，第一次得到自由讓人覺得很空虛。

因為才發現這個世界並沒有人在等著我。

我從冰天雪地走到有綠葉慢慢冒出的森林，我不知道我走了多久，只知道鞋子早就磨破，腳底也有許多的新舊傷口隱隱刺痛著。但耳邊始終有個聲音告訴我，再往前走一會兒，一定會遇見誰的。

「我跟著妳好陣子了，妳一直走要走去哪啊？」一個小精靈飛到我的肩膀上，她看起來非常漂亮又夢幻，但她並不會像小飛俠裡的那一隻會灑金粉，她只會散發出陣陣刺鼻的香氣。

「我不知道，也許是找個可以和我當朋友的人。」

「我就是妳的朋友啊，我很早就發現妳了，只是一直沒跟妳說過話。」她在我面前轉圈飛舞，旁邊的許多動物都偷偷躲在一旁偷看，像這樣稀有的小精靈，牠們肯定也是第一次看到吧。

小精靈似乎很習慣受到注目，她回應著目光的追逐，又表演了一些高難度的飛躍動作，這才滿意地拉拉裙擺謝幕。

「怎麼樣，我的粉絲很多吧？」

「嗯，很多、很棒。」

「妳怎麼一個人在森林裡亂晃？」一個獵人突然探出頭來，周遭的動物馬上嚇得四處竄逃。

「我得去一個地方。」

「什麼地方？我帶妳去吧。」

「我也不知道那是哪裡，只知道必須得一直往前行。」

「沒關係，我陪妳一起。」獵人說著，便扛著獵槍和我並肩前行。

途中，有名女孩被陷阱困住，我們一起聯手救了她，她有著滿臉的雀斑看起來很可愛，可是眼神卻有點怪。

「所以，你打算一直跟著她去一個不知道在哪的地方？」她問獵人。

「是啊。」

「那我也一起去吧，我還會做菜。」

女孩說會做菜是真的，有了她加入後，每天都能吃到美味的食物。有時為了幫一點忙，我也會去採些水果。

「這顆蘋果樹是我的耶。」個頭矮小的山豬人跳出來指責，牠抱著一堆的蘋果，嘴邊還叼著一顆。

「對不起，我不知道是你的樹。」

牠嗅了嗅，「妳身上怎麼還有其他好香的味道？」

「我的朋友會煮菜，應該是那些味道沾在我身上了。」

「妳的朋友會煮菜啊！那我也跟妳當朋友吧！快把那個會煮菜的介紹給我。」

於是，這場目的地完全不知道在哪的旅行，又增加了一名伙伴，日子愈來愈開心，這些快樂都是從前不曾體驗過的。

彷彿那段被冰封在牆內的日子，已經是我前世的生活。

「嗚嗚！不要啊！」一陣哭聲響起，我馬上跑過去看，竟然看見農民拖著一隻小山羊，牠看起來非常害怕。

「等等，你做什麼？」

「我要把牠拿去賣掉，小山羊還是有點價錢的。」於是我拿出從牆內帶出來的金幣，和農民換了這隻小山羊。

「謝謝妳，不管妳要去哪，讓我跟著妳吧，不然我又會被抓走的。」

「好啊，一起來吧。」

簡直就像《綠野仙蹤》那樣，隨著每一天過去，都會增加不同的伙伴。

「我還有個朋友，她也可以一起來嗎？」

小山羊說的朋友，是一隻杜鵑，看起來非常溫馴。

「妳真是個善良的人，讓我加入妳的旅行吧。」

「非常歡迎。」

日子愈來愈多采多姿，我們經過了森林，已經來到盆地，這段旅行的終點在哪似乎不再重要，因為我們的生活是如此的快樂諧和。

我提著水桶，準備去河邊打水，就在這時遇見了一隻烏鴉正在喝水，可是牠怎樣也喝不到的模樣讓我忍不住拿了瓶子去幫助牠。

「我本來也有一個這樣的瓶子。」終於解渴後的烏鴉說：「可是我因為太想裝滿，滿到我咬不住，結果就被河流沖走了。」

「我有很多瓶子，你要的話就多給你一些。」

「真的嗎？妳那裡還有什麼呢？」

「什麼都有，還有很多朋友和好吃的食物。」

我告訴牠我正在旅行，而且已經有很多同伴了，牠馬上同意也要加入我。我很喜歡牠，因為牠的毛特別黑亮，眼睛也很有神，重要的是牠非常聰明幽默，經常旅行各地的牠，總有許多有趣的故事分享給大家。

七個不同的同伴，他們來到我的生命裡就像七個小矮人，一度我真的以為自己是白雪公主，從那冰天雪地的世界出來，認識了善良的朋友一起生活，然後逐漸期待著某天有王子會出現。

——我本來，是這麼以為的。

直到有天山豬人偷走了我們所有料理食物的器材和香料；獵人偷走了我的童真；雀斑女孩憤怒地說我搶走了她愛慕的獵人；小山羊和杜鵑一起嘲笑著我的遭遇，說牠們等著看好戲很久了，還說牠們本來就是想到盆地，為了得到免費的保護，才賴著我。

最初的小精靈說我活該，誰叫我要搶走屬於她的目光，而我一直最喜歡的烏鴉，牠只是想要我一直戴著的冰晶項鍊。

所有美好的一切就像幻覺一樣，從一隅龜裂，最後全部倒塌到什麼也不剩。

我躺在一片荒蕪的沙漠，曾經綠意盎然的盆地早就不在，脫離了冰天雪地，我身在一個炙熱得隨時都會脫水死掉的世界。

「原來，不是七個小矮人，**是七宗罪啊**。」

我再次割開自己的血肉，但這一刻只為了解渴。

那鮮紅液體滲透進沙子裡，很快就消失到看不見，它雖然無法開出漂亮的紅玫瑰，卻能靜悄悄地把罪惡吞噬不見，看著那些奪走我東西後，一一逃走的足跡——

我笑了。

張易峰（35），警察。

剛剛一度把你當成了可疑人物非常抱歉！也非常感謝您居然提供了這麼珍貴的錄音資料，裡頭的內容絕對可以讓游星明百口莫辯。只是如果您能更早一點來告訴我們的話，也許就能預防許樂寧被攻擊了……我不是在責怪您，這種事一般人本來就無法有高警覺性，又加上他一直在威脅您，我相信您留著錄音也是為了自保。

許樂寧現在的狀況嗎？聽說已經從加護病房轉到普通病房了，我相信一定會沒事的，她雖然被砍了七、八刀，但好在她很努力逃跑，所以都沒有被砍中要害，雖然肝臟的部分有點損傷，聽說現在已經脫離危險了。

既然您都提供了這麼寶貴的錄音，那麼我就稍微告訴您一點起因吧。

您猜得一點也沒錯。許樂寧目睹了游星明犯案的過程後，不但錄影存證，還跟蹤到他家，隔天她便將檔案複製一份在ＵＳＢ，並利用報紙剪貼一封信，威脅游星明不想被公開的話就得付錢。

前後許樂寧拿了三次的錢，卻要詐沒有把原檔案給他，而且還從此不接電話，我猜那大概就是您去採訪許樂寧時發生的事。

許樂寧仗著對方只知道她的電話，完全不知道她家的住址和到底是誰這點，把游星明耍得團團轉。

而且，您現在也知道了，游星明不只有殺人未遂和強姦罪這兩項犯行，他一直提到的現任女友，竟然被監禁在他家。如果不是聽了這段錄音，一直有點懷疑，恐怕那女孩會活活餓死也說不定。

對，沒錯。每家餐廳都設有下午的休息時間，他就是利用這段期間回家，而且還是從連您都鮮少去的後門，後門在那種狹窄到只能一人勉強進入的防火巷內，他不知何時偷偷打了鑰匙，所以才能輕鬆掩人耳目。

他只要回家，就會命令他女友出去買飯，還規定了時間，如果超過時間才回來，他便會對她性虐待。目前雖然她被送醫，但心理層面的部分，也許會帶來永遠的陰影吧。

經比對後，我們還查到了另外兩名女子也曾經遭他的毒手。他通常都以溫柔貼心的方式接近對方，等熟悉後就一舉控制這些女子，無法接近的，他便以跟蹤手段達成，他居然還說那些人明明都很快樂，也算是病態了。

對了，您一直在尋找的那位房客現在如何呢？我這邊是可以聯絡盛采宜的家人看看，但如果他們堅持不報失蹤的話，那也沒有辦法，我會盡量幫忙注意的。

不不不！這怎麼會是多管閒事？我覺得要是民眾都和您一樣熱心的話，也許就能避免很多悲劇，不管怎麼說，希望盛采宜沒有真的失蹤。

如果她出現了，請您告訴她一定要來警局做筆錄，畢竟她也是受害者之一，有許多證詞需要她提供。

不過，您現在真的一點頭緒都沒有嗎？不是說已經訪問完所有和她有關聯的人了？您還真是有毅力，應該吃了不少閉門羹吧？

我遇過不少失蹤案件，像這樣成人失蹤的，如果不是因為欠債等現實原因，三成的人會成為街友，放棄在原本的世界生存，七成的人都成了無名屍，我當然不希望她變成這樣，但聽起來她是個生活很複雜、個性有點極端的人……

那麼，我就先回局裡了，有什麼疑問都可以打這支電話給我，至於許樂寧的話，目前她還是重要證人，又帶著一身傷，我也不方便給您她的家人電話，就先別打擾她了吧。

吳以珊（32）II，同事。

原來是房東先生啊！咦？難不成這裡就是你租房子的地點？太巧了！

我當然沒有在這徘徊啊，你在說什麼啊。我是剛好來這附近要找個朋友，我有一點點路癡，一直找不到，所以才在這裡轉啊轉的……

剛剛看到有警察從你家離開耶，難不成采宜的事有著落了嗎？還是她已經……

我沒有在八卦啦！只是在好奇。我那個朋友那裡不急，你就和我說說，我又不會告訴別人。

什麼？真是太可怕了，居然有女孩被砍……是在這裡發生的嗎？喔對，當然不是，不然你的房客早就被嚇跑了。

仔細想想，你說的那個男房客也是被逼急了才拿刀砍人的吧，像這種貪得無厭的人啊，我見多了，自以為撈到好處就得寸進尺，最後被砍，沒死已經很好命了，至少還花得到那些錢，大多數的人都沒命花呢。

我當然是站在男房客這邊啊，這應該可以算自我防衛吧，不然人人都這樣互相抓著小辮子勒索的話，不就太可憐了嗎？適時反擊是好的。

啊？我當然也覺得采宜很可憐啦，因為驚訝的點太多了，沒辦法一次說嘛。我很訝異受害者是她喔，我想這是因為她打扮得太花枝招展的關係吧！

你剛剛不是說了嗎？說采宜穿著很暴露，你有說啊，不然我怎麼可能知道，我一直以為她是乖寶寶呢。

所以，警察有跟你說男房客現在的狀況嗎？他會被送去哪裡？看守所嗎？

進去邊喝茶邊說也不是不可以，我等等還要去接小孩，可不能聊太久喔。

我當然沒有想要詢問男房客的事啊，我問他的事要幹嘛？我又不認識他。

什麼？你說我兒子嗎？

你說那天趁我去廁所的時候，看了游星明的徵信調查資料，結果我兒子居然指著照片說那是爸爸？這太好笑了吧，他應該是因為從沒看過爸爸才會這樣，你相信一個小孩說的話也很奇怪。

對了，你居然在那麼小的孩子面前，看這種罪犯的資料，是想要影響我兒子什麼嗎？

才想說你約我進來喝口茶人還滿好的，要不是你這家甜甜圈看起來很貴，我才不進來！

好，既然你就是要打破砂鍋問到底，我就成全你，反正我什麼罪也沒犯，用不著這樣遮遮掩掩。

沒錯，星明就是孩子的爸，那又怎樣？哼！想不到他竟然這樣在背後說我，我不過是透過社群讓他知道，他有個兒子之外，哪有做什麼啊？

我在上面打的那些都是事實，他射後不理，還把我趕走，丟我一個人去產檢、生產，生完連月子都做不了就得工作，這些我都沒說謊啊。哪知道網友那麼正義，竟然一個個幫我去念念他，我以為他這樣就會回來，結果沒有。

他完全不認我和兒子，還說如果我帶著小孩去找他，他會當著我的面把小孩摔死，我知道他沒有在開玩笑，他平常打我的時候也是用盡全力打。

原本，他這個打人的需求只會對我。所以分手後有段時間，只要我自己主動去找他，他都會打了我再和我做愛，做愛的時候就很溫柔。

我覺得他就像內心有著很多無法暴露出來的弱點，但只對我一個人展現的那種悲劇主角，我才是讓他能做自己的女人。

本該是這樣的。

後來他交了女朋友，我很生氣，又故意在社群上抒發心情，可這次已經沒有網友要幫我轉發、發聲了，反而還引起很多人說我就是活該犯賤。

之後他就搬來這裡，其實他搬家時也是我幫忙的，我那時就有看過你，你還問要不要幫忙呢！也看過盛采宜了，但你們好像都對我沒有印象，我可是記得星明一直盯著盛采宜的胸部還有屁股瞧。

「太幸運了，居然住在一個身材不錯的普妹隔壁，那種的應該很好把。」

老天爺可能真的很疼惜我吧，知道我的情路坎坷，孩子有天也會需要爸爸，所以才安排盛采宜來我們公司工作，我知道老天爺在暗示我，一定得去和她當朋友，然後想辦法讓她搬走還是怎樣都好，就是離星明遠點。

她真的很難接近，我花了很多時間才取得她的信任，也一直介紹男人給她，但她連看都不看。笑死人，也不看自己長得多普通，還敢這麼挑人。

當然了，我也知道星明交了個女朋友同居，我跟蹤過那女人不少次，依照她那樣都不工作的個性，很快就會被甩了。

只是，前陣子我發現星明又開始注意盛采宜了，注意就算了，他還經常跟蹤她。

我也是那時才知道那個假掰女居然有兩種打扮的樣貌，難怪我的星明會被吸引到都不看我了。

不可原諒，真的不可原諒。

那種雙面女故意在公司打扮得和村姑一樣，是打算幹嘛？博取同情？還好每次都不用我出手，總是會有人搶先一步去教訓她，看她孤立無援的樣子挺有快感的。

不過快感很快就被憤怒取代——她居然、和星明做了！表面上她裝得一副被強迫的樣子，她只是在耍淫蕩而已！我記得那天，差點氣得就要拿刀去砍她！

嗯？你說那個被星明砍的女生嗎？我沒看到她，因為跟蹤星明到那巷子後，兒子幼稚園的老師打電話來，我被她耽擱了一下。老師說我兒子又在學校打別的小孩，那有什麼關係，小孩本來就是打打鬧鬧在玩，老師也真大驚小怪。結果對方家長非要鬧到在學校大吵大鬧，我不服輸，所以跟對方正在打官司。我一定會贏，因為到時還要反告她害我的小孩經歷了精神傷害，他們得賠償我才行。

回到那個現場，因為這樣，我並不是馬上知道星明跟她在做愛的，我看到的時候，他們兩個交融得很好，星明對她做的每一個溫柔動作，都對我做過。

這樣，你就可以明白殺傷力有多大、多讓我想拿刀砍了她吧。

沒錯，盛采宜在公司裡的人緣一直好不起來，的確就是我在背後耍點手段，不過，也許她天生有一種被人討厭的特質吧，我記得只煽風點火過一次，大家就漸漸不喜歡她了。

為了假裝我是站在她那邊的，也費煞了不少苦心和金錢。拜託！找她來家裡吃飯，花的都是我的菜錢耶，還好她都有買東西給我兒子，不然就虧死了。

不要以為她買東西給我就很偉大，她送禮的表情有多不屑、不情願啊，你們這些男人全都被她騙了！一直以為她是個弱小的女人，殊不知她多會做戲。

比如說阿發好了，她不是一直不理人家嗎？

後來阿發有說，他一直覺得自己有機會，是因為盛采宜有私下和他吃過幾次飯，而且整個飯局都露出對他很有興趣的樣子，所以他就心甘情願被人坑了好幾頓大餐。

有次，她去廁所忘了拿手機，阿發就意外接了她的電話，他說電話裡一直有個男的問說下次見面是何時？想要她之類的話。

結果，盛采宜還掰說，她因為家裡拿她的名字去借了很多錢，才需要像這樣賺「外快」，還問他是不是討厭她了？

阿發是個單純的人，女孩子裝個可憐，掉個幾滴眼淚，他就會把一顆心全掏出來了，直到盛采宜無故離職之前，他都還以為他們在交往，只是為了不要讓她被人更討厭，才沒公開的。

這就是盛采宜的真面目，只會利用所有男人，骨子裡就是個賤女人！

現在，她還害我的星明被抓走，更是可惡！

也不知道是誰提供了核心線索，警察平時辦事不力，這種時候突然變得那麼勤勞是有什麼問題。

反正，警察就只會抓我們小老百姓而已，和那一堆對我不好的人都一樣。

怎樣不好？比如說網購把東西寄錯尺寸、白目同事嘲笑我帶著一個拖油瓶很可憐，這些都讓我氣得每晚睡不著，一定要偷看過星明下班後的蹤跡，才能放鬆。

他會回來，他肯定還是愛我的，只是找不到拉下臉的理由而已，要不是他現在見不到我，一定……

我那天跟你說的也沒騙你什麼啊，盛采宜的確就是裝病，倒在醫院要我去找她，她說的話也就那樣。

聽我說，要是現在我能找到她，絕對會把她帶去警局，好讓我那無辜的星明早早被放出來。

這沒什麼好騙你的。

我才想要問你，星明這次砍的那個女生，現在在哪間醫院呢？她做了那種事，沒死已經很幸運、很對不起砍他的星明了，我很想去幫星明……

你想去哪了啊？我不會殺人或拿起刀子的，我只是想問問她，傷勢好轉的話，最快何時出院？我可以請她來我家吃個飯，好好了解一下，她到底跟星明拿了多少錢，並讓她把錢交出來。這樣有什麼不對嗎？那本來就不是她該拿的。

搞不好拿回來以後，星明會很感動，兒子也終於能叫聲爸爸了……

你這麼安靜，是對於聽到太多我內心話而吃驚嗎？這麼一想，你還是天真呢。

吶、錢先生，你剛剛說什麼我刻意這樣接近盛采宜很恐怖、跟蹤星明很恐怖……我又沒造成別人困擾，這個世界本來就是自由的吧，要做什麼本來就可以吧。

最重要的——我會被逼到做這些事，還不都是這些人害的！如果從一開始，星明就乖乖和我共組家庭，我也不會這麼憤世嫉俗，所以我才是受害者，不是嗎？

好了，我要去接我兒子了。對了，如果你還想把她的房子空出來給我，就在三天內回我電話，我是希望你能好好想清楚，現在除了我應該也沒人敢住那了，我會等你電話。

才講一下下就過這麼久，真的要來不及了，這些甜甜圈你也吃不完，就給我兒子吃吧！還有，勸你一句：別再深入探下去了，這種黑色祕密，通常都又黏又稠，甚至不管怎麼探，都看不見底。

啊、我好像有點理解那句話的意義了。

——「所以，彼岸是收留無處可去的人的地方啊。」

那句話的意思是收留她自己吧，她把自己活得又賤又討人厭，一定是無處可去了。太好了，以後少了她，星明就再也不會分心，終於可以好好只看著我了吧。

因為，他被送出來之後，能讓他好好發洩打人慾望的，只有我了不是嗎？真好，又是只有我了。

楊子真（30）Ⅱ，朋友A。

哇！我很驚訝你這麼快又來找我了！事情有什麼進展了嗎？還是你已經找到采宜口中的那個男人？哎呀抱歉！我的問題是不是太多了？因為我真的很擔心她啊。

你那天走後，我就一直心神不寧呢。

你果然已經拜訪那個朋友啊，天啊，她那個朋友的心態真可怕，完全就是在利用她啊，太可惡了。

跟我一樣？你還真愛說笑，我和采宜怎麼會是那種關係呢？而且，我還在想你有沒有騙我呢。因為你剛剛說的采宜，和我認識的根本是不同人吧？

她是那麼有自信、又什麼都懂的人，怎麼可能會是那女的口中形容的那麼懦弱、還被欺負呢？實在是很難讓人相信。

不過如果你說的是真的，那到底哪一個才是真正的她？我看起來很興奮嗎？說興奮太誇張了，我頂多就是有點好奇而已……

因為采宜她是那麼完美，卻在另一個人面前，比以前的我還淒慘耶，我要是被人那樣欺負，就算不敢吭聲，一定也會徹底跟這個人斷聯。而且采宜又不是只有她一個朋友，她還有我啊，根本不需要這樣去討好那女人吧。

哇！不行，我現在太混亂了，你可以讓我滑個手機休息一下再繼續嗎？我需要放鬆，你就先喝茶吃茶點吧。

好多了，抱歉啦，我剛剛真的很需要滑手機放鬆。推特？沒有啊，我上次說過我都沒在發文吧？等等，你去哪找到那個帳號的？這、這……

「天啊！失蹤的假掰女居然過著雙重人生！完全相反的兩種性格耶！難道她是雙重人格嗎？」

……對啦！那是我剛剛發上去的推特文章，那是我的另一個……不，應該說是真正有在使用的推特帳號。

不過，你是怎麼發現的？你是已經發現了才故意來找我的吧？嘖。

利用信箱搜尋？對、沒錯，那的確是我教你的，但那個信箱不可能會有人知道，因為那是……等等，難道是采宜告訴你的？她回來了？因為這只有她一個人知道。

我剛到公司的時候，看她和大家都混得不錯，想當然我也有偷偷接近她，並訴苦一樣是新人，待遇卻差很多。

「我懂，很孤獨吧，這種時候，我都會寫點日記什麼的，發洩一下負面情緒。」

「寫日記？那麼無聊的事做了真的有效嗎？而且在公司突然拿出日記寫超怪的。」

「妳可以記在手機裡，怕被發現的話還可以藏在雲端啊，要藏祕密的話，方法多得是，看妳想不想用而已。」

後來，我想起以前學生時代，曾經申請過一個信箱，那個信箱因為是上課用的，大家都不想私下繼續使用，但因為年代有點久遠，我試了很久都想不起密碼。

最後，還是采宜幫我聯絡了信箱總公司，不到一小時我遇到的問題就解決了，那時我就想，這個假掰女不知道用這種高高在上的助人姿態，騙了多少人。

為什麼這樣說？別說什麼我不懂感恩的廢話。那是因為她的表情始終都很虛假啊，像是演員一樣硬裝出來的，在那些前輩面前也都極盡可能地拍馬屁裝乖，這些我全都知道，但我不懂為什麼別人看不出來。

現在，我大概明白她一直幫我的原因是什麼了，你剛剛不是說了她那個朋友的事嗎？一定是在那女的面前都抬不起頭，所以才想從比自己弱小的人身上尋求存在感跟成就感吧。

就像那些做公益的商人、藝人，若是藝人這麼做，就能得到很大的形象反饋，好處多到數不完，但那些人的心，有多少個是真的發自內心的良善呢？很少吧。

都是作秀而已。

盛采宜對我也是如此，別說什麼她跟我沒利益關係還不是一樣對我，我就是她為了要滿足成就感的存在，這樣不管她在其他地方活得多沒自尊，都能撐住，就是這麼可笑的理由。

你以為我喜歡被她幫助嗎？的確很多事情拜託她的話，效率又快又好，但我就是受不了她那種「看吧，這種事情只有我能做到」的表情。那時，我就會照她說的，在推特上講一大堆負面言語發洩。

奇妙的是，隨著這麼做好幾次，心情真的變好了。

又加上陸陸續續有人誇讚我罵人好犀利、看我在那邊罵一堆，他們的心情也變好的留言，我更有更新慾。還出現一個和我產生共鳴的網友，我最期待她的回覆，每次都說到點上。

上次，在你走後我也有發文，那名網友回覆說：「我身邊也有個和妳形容得很像的人，只能說，妳真是辛苦了，而且還很善良。」她就是這麼寫的，不信你看，留言在這。

有時她還會幫著我罵，又很會傾聽，總是用最真實的語氣和我交談，我們很常像這樣公開聊天，反正在這個推特上，誰也不認識誰，誰也都不知道我口中說的人。

網路真是個很容易釋放邪惡的地方呢，在這裡只要匿了名，在上頭講的事情只要避開提及個資，就可以暢所欲言。連晚上會失眠的障礙都治好了，比安眠藥還有效。

對了，盛采宜她果然回來了對吧？你還沒回答我這個問題呢，她到底想要幹什麼？她告訴你這些，是想讓你來質問我嗎？真好笑，你不過是她的房東耶。

沒回來？別騙了！那你怎麼知道？

什麼？她把我的信箱記在手機的記事本裡？我不信。

光那樣一行信箱，怎麼就讓你聯想到要拿去推特搜尋？我還是覺得很可疑。她果然如我想的一樣心機很重，我就在猜，她會不會偷偷把我的信箱記起來，然後有一天再用不知道什麼方法猜到我的密碼，就可以去看我有沒有寫什麼東西藏在裡面了。

哼，我早就知道會這樣，所以沒有上當，而是用交友圈裡比較不盛行的推特，這樣我的朋友既看不到，她也沒辦法用來威脅我，可以放心大寫特寫。

她居然連手機都沒拿走，還故意沒上鎖放在顯眼的地方，怎麼想都覺得她是刻意的，她應該是希望有誰能找到她吧。

還記得我跟你提過去台中的事嗎？

那時她就說過一句超搞笑的話喔。

「妳有沒有想過，如果自己從這個世界上消失了，會變成怎樣？」

「我沒想過欸，想那個要幹嘛？」

「如果我消失了，這個世界可能連起一點漣漪都沒有吧。但即使如此，我還是很想試試看。」

我覺得可笑得要命，為什麼她明知道沒人要找她，還想搞失蹤呢？她不知道這樣做只會更可悲嗎？

我本來對她還有那麼一點尊敬，因為說實在的她的確很好用、做什麼事都很強，可是聽到她和那女的之間的相處，她就是個可悲的工具人而已。

更好笑的事，人家男生當工具人久了，有天終究會被女生看見，而她一直當朋友的工具人，根本就是把自己變成了隨時都可以取代的人啊！只會做事，卻連其他特質都沒有的人，是不會讓人想把她變成朋友的。她連自己都看不起了，別人又怎麼看得起她。

你要知道，我也不是沒有想過要真心對待她，我試過了。

可是每次看著她那鋼鐵般的假面，怎麼敲也敲不破，連朋友間的玩笑都接不了，只會露出假笑，真的讓人很起雞皮疙瘩，甚至覺得討厭。

有時我差那麼一點就要大吼：「不要再假笑了！很噁！」

她從來不會提自己的事，所以三月十九日那天，是她第一次主動說起自己，我認識她多久了，她居然直到那天才說。一開始我以為她又在演哪齣，該不會說的事情都是假的吧。

這種單向的交流根本讓人無法繼續下去，每次都是她聽我說，說起不好的時候，她也只會敷衍地說：「怎麼這樣啊。」、「妳真是辛苦了。」、「要小心不要太累了喔。」這種假到不行的話。

所以當這個假面到快要被陶瓷給包起來的女人，那天突然有了虛假以外的失落和難過，怎樣都難以相信，我還以為她正準備要騙我什麼在鋪哏呢。

我說啊，她把自己講得和悲劇女主角一樣，結果現實是：她暗戀的人根本不喜歡她，而是很順利地和朋友在一起了。

她那脆弱到不行的自尊，只是單純接受不了這點，才大玩失蹤戲碼，看那男的知道了以後，會不會想要找她吧？

我還是會繼續使用推特喔，她知道了又怎樣？她那假掰的個性是不可能敢怎樣的，否則她不會偷偷看我PO文後，還一味地繼續幫助我，不是嗎？因為，很多事情只要沒人戳破，這個世界就可以和平得像沒發生過世界大戰一樣。

馮品優（28）Ⅱ，朋友B。

這裡不錯吧？我已經正式搬進來了喔！以閔太太的身分。

你說舊房子嗎？那裡當然已經退租了啊，幹嘛還留著，敢情你現在是在詛咒我會和老公吵架，所以需要替自己留間房子嗎？

罷了，要喝點什麼嗎？今天我剛買了冠軍茶，很有名的……咳咳！是啊！我感冒了，不然幹嘛說要喝茶，聲音沙啞得要命都要痛死我了！我要不是因為想知道上次我老公約你出來聊天都聊了什麼，今天才不會答應讓你來。

過敏又加上感冒，雖然很痛苦，可是今天早上老公對我的關心可是比平常更溫柔幾百倍，果然女人還是要嬌弱一點好。

你也知道這茶啊，眼光還不差嘛。反正我也不會泡，不然就給你泡囉，小心點，那茶具也通通都是今天新買的。

廢話！不然我看起來像是平常會喝這種老人茶的人嗎？藉著感冒提升一點素養不是很好嗎？

好了別廢話了，快說吧！他到底都說了什麼？為什麼要告訴我？呵、那好啊，你可以現在就走。我相信你會想要再聯絡我，一定是還有什麼事想問，那你當然得先付出相對的代價，我才會給你想要的東西啊。

上次我說的你又忘了？

你還真是記性不好欸，這要怎麼聊下去啊。

喔？他居然發現了那個日記？呿！發現那種寫滿垃圾東西有什麼好，不過你看，不愧是我選的男人，對於這種事他倒是非常明理嘛。

他不可能討厭我的，因為我知道我們是同一種人，我們都很懂這個世界的遊戲規則，不懂規則的人只能被淘汰而已，就像盛采宜。

她人找到了嗎？還沒？她那個失蹤遊戲還真是玩不膩啊，這都過多久了，我看她是因為發現都沒人找她，羞愧得去死了吧！哈哈！

我是有那麼一點點困擾啦，因為少了一個很方便的工具可以使用，像我最近要去哪，懶得自己走路出門都害我要搭計程車，以前有她的話，還可以叫她載我。還有啊，最近那個很紅的蛋塔，我想吃得不得了，排隊都要排三、四個小時以上，以前這種事不是她就是我前男友去做，現在兩個人都不在，想想都有氣，等她出現了，看我不好好教訓她。

咳咳！

喉嚨真不舒服，又吃不到蛋塔，真沒一個事讓我順心。

你說另外那個跑腿的 GAY？如果可以叫他去買早就叫他去了，他就算上班可以暫時離開，但不代表就能去排那麼久的隊好嗎？有沒有腦子啊。

什麼？原來老公還說了那種事啊，那件事我當然知道啊，送什麼佛跳牆啊！真是膽子愈來愈大，敢背著我聯絡我老公。

要不是那天我剛好在家，還真不知道會發生什麼事。你猜得沒錯，我的確和她見到面了。

「妳來幹嘛？」

「品、品優……我沒想到妳會在，妳不是還沒完全搬完東西嗎？」

「妳這什麼意思？所以妳不是來找我的？手上那是什麼東西？」

「是……要給你男友的，他說他想吃佛跳牆，我剛好有多做了一些。」

「靠！妳這賤人！」我當場把佛跳牆整個拿起來摔在旁邊，那味道真是噁心死了，還好沒讓她送到老公手上，那根本不是人可以吃的吧？重點是她到底哪來的自信和臉皮敢這麼做！

「我、我沒有什麼意思，我只是……」

「只是什麼？之前跟妳說的話都忘了嗎？妳怎麼還不醒啊！」

我扯著她的頭髮，把她的臉壓在灑滿佛跳牆的地上，她整身衣服也都沾了那噁心的東西，卻連反抗一下都做不到，真可憐。

「品優對不起，我錯了！妳原諒我……」

「妳知道妳最可憐的地方在哪裡嗎？就是妳連當個狐狸精的資格都沒有，妳照照鏡子好嗎？像博智這樣的人，和妳走在路上能看嗎？妳這全身村姑一樣的品味是想害他多丟臉？我要他就算去劈腿，也得劈一個夠資格當我對手的女人，那樣我也能睜隻眼、閉隻眼，而妳……算了吧！」

「那如果，我很努力變成妳說的那樣的人，那我就能……」我完全不想聽她講出那些噁心的想法，所以直接踩住她的嘴巴。

「閉嘴！別說出那種我光是想像就想吐的畫面好嗎？妳一輩子都上不來的，就算妳變成了我的樣子，骨子裡也都還是個村姑！妳這種人只能永遠當個地上的垃圾，我希望妳今天最好真的搞清楚了。把這些垃圾一起帶走，如果博智回來還看到這些，我會讓妳比現在還痛苦。」

「品優，妳老實告訴我，從以前到現在，妳到底有沒有把我當成朋友過？」

「朋友？妳怎麼還在做那種不切實際的夢啊，妳有朋友嗎？像妳這種人，根本沒人真心把妳當朋友。」

「沒有人是嗎？好像也是。」
「有自知之明就對了。」
「我到底做錯了什麼，為什麼妳要這麼討厭我？」
「妳的存在，本身就是個錯誤。」
我為什麼要那麼討厭她？因為她就是個該被討厭的人啊。
哈哈、你說什麼？我妒忌她？我要妒忌她什麼？我的生活什麼都有，現在還有一場完美的婚禮在等我，有什麼好妒忌的。
你別再說這種可笑的話題了，聽得我的喉嚨又更痛了，咳咳！
那天我就直接把她趕走了，等到老公回來，為了不要讓她有機會回頭來討拍，我馬上拉著他出門。
還好我這麼做了，因為開出路口時，果然看見她一臉哀怨地看著我們的車子離開，也不知道老公看見了沒有，她那表情啊……就是隻喪家犬。
跟那年她以為我應該要跟她一起過年，結果卻沒有，一個人在我家門口被丟下的表情一模一樣，像鬼一樣，看了真是影響情緒。
嗯？這我之前就說過了吧，就是高中有次一起過年，我不小心因為情緒高漲的關係，順口說了句以後就一起過年什麼的，她還當真了，真蠢。

那時她還訂了一堆年菜跑來我家，我當然沒讓她進門，而且覺得那些食物和她的人一樣噁心。

「品優，沒關係，是我沒有先問清楚就擅自跑來了，但至少這些菜妳先拿進去冰著，這都是只要用微波爐加熱就可以吃的，而且還是知名大飯店做的喔，妳看……」

「我不想吃，等等我就要去機場了，這些東西等我回來早就壞了！不要害我還要丟一大堆垃圾好嗎？」

「垃圾……」

「對！這些就是垃圾。」

坐車離開前，她也是用一樣的表情看我，那表情應該要有生氣、憤怒的，可是她卻是一臉什麼事都沒發生似的，笑著送我離開。讓人很不舒服，感覺她就像笑著在詛咒我。

我當然沒有被害妄想症，只是描述出她當時的樣子有多發毛而已。

她到底去哪裡了？我怎麼會知道。說實在的，你這樣找她有意義嗎？她只是消失到她該去的地方而已。

就是不該存在。

一開始我確實覺得她不知道在玩什麼把戲，但現在我覺得這樣也很好，免得哪天我看見她又跑去勾引老公……不對，應該是說騷擾，因為老公根本不可能喜歡她。

閉嘴，我到底妒忌她什麼？

她善良？哈！那會是善良嗎？那不過就是她希望有人搭理自己，所以才拚命討好而已。

我最討厭的，就是她裝著一張好人臉，事實上她根本沒把那些人看在眼裡，單純只希望自己看起來不孤單而已，無論是她做那些手工幸運鍊，還是幫人寫作業，那都只是希望自己看起來樂於助人、樂於分享，好招來好人緣。

每次我都覺得礙眼，好想要她消失。

那些人應該要看看我才對，我才是那個什麼都不用做，就能發號示令的人，我才是他們要自己來主動討好的人。

這可不是我的自我優越感，老公不也說了，我可是很早就領悟了在這個社會生存的法則，而她的存在，就是破壞我的法則，導致無法好好運行的人。

大家看到她那種虛假的付出，會不自覺拿來跟我對比，相較之下我就變得勢利眼，而她就像天使一樣純潔。

憑什麼，是用我來襯托她？

我當然不會讓這種事情發生，所以我一直讓她的人生呈現在最悲慘的狀態，無論她去了哪個地方工作，我都會利用我累積的人脈，偷偷放出一些流言，讓大家不相信她偽裝出來的樣子。

說穿了，只有我知道那個整天裝可憐的傢伙在想什麼，她就是想引人注目而已。你說她偶爾會打扮成連我都認不出來的樣子？

她偷偷摸摸地搞那些，以為我不知道嗎？我當然知道，我還在夜店裡看過她呢。你說這是不是很神奇，一個沒用的人畫上了美妝、穿上了漂亮的衣服後，就以為自己和灰姑娘一樣，可以去享受一個晚上的奢侈，然後再裝做什麼事也沒發生，回到她所認為的正常生活。

所以我才討厭她啊，這種惺惺作態的事，也只有她做得出來。

好了，我勸你也該停止這種和她半斤八兩的行為了，你這麼做也只是自我滿足而已，咳咳！

陸辰君（29）Ⅱ，朋友C。

老實說，看到你又聯絡我，實在是喜憂參半，希望你是來告訴我好消息的……不對，如果是好消息的話，就不會是你來跟我聯絡了，你看我都擔心得胡言亂語了。

這陣子我還是持續在觀察那些社群軟體，她始終都沒有出現過，其他推特之類，她更是沒有使用。我當然確定，因為那個可以用信箱搜尋啊。

我？我沒有在用推特，用那個幹嘛？一點好處也沒有不是嗎？

那個帳號不是我喔，我說了沒在用了……而且那個帳號也沒有發任何文章吧？

我怎麼會知道？因為、因為你剛剛給我看了啊！

……已經狡辯不下去了嗎？

唉！那只是個意外。那個 Ninin 的帳號，原本真的只是覺得她打的內容很有趣才追蹤的……哪知道後來漸漸發現她講的人，有點像是采宜。我知道我所認識的采宜和她講的那種很厲害的人完全不像，我說的是 Ninin 有時會把她們之間的對話打出來，有些話還是我講過的，所以我才會多留意一點。

我發現采宜好像模仿了我一些形象——雖然我不知道我有什麼好模仿的，但她在Ninin的面前扮演著傾聽者和開導者的姿態，不是和我跟她很像嗎？我們就像這樣啊，我總是傾聽她、開導她。

我在那些動態下面留的言都是故意的，因為我很好奇，想確定那到底是不是采宜，才會先幫著一起說壞話，讓我能和Ninin變熟。

後來我更確定的契機，是Ninin提到了前工作，工作內容也和采宜跟我講的一樣。

然而采宜的說法是，她在那間公司受盡了欺負，最後受不了才辭職的，完全沒有提到有幫助別人，以及看不下去Ninin被欺負的事。

我覺得很不可思議，上次我就跟你說了吧，我覺得我是唯一知道采宜全部負面的人，Ninin的出現，顛覆了我的想法，我才知道我認識的她不過是一部分，另一部分的她，似乎都在模仿我呢。

其實，這也不能怪她啦。你看她的人生從以前到現在從來沒順遂過，無論是家庭還是她那個囂張跋扈的好朋友，她所到之處沒有一個地方是溫暖的啊，像她這樣自卑的人，會崇拜想法正面又積極的人也是正常的。

我有另一個和采宜很類似的朋友也是這樣，她家也是重男輕女，逼著她要打很多份工好支援哥哥揮霍的生活費，她生來就沒有自己的人生自主權。沒錯，我和那個女生也是在漫畫店認識的。

說起來我在那裡的確認識了許多朋友，而她們的經歷，更是一個個讓我大開眼界。

像她們那種家境，這輩子不管怎麼努力也都幸福不起來吧。

還好我爸媽都很好，我和我媽相處起來就像姊妹，不管我有什麼需求，他們都會盡可能地幫助我。當然，我不是那種沒用的媽寶，以我的能力要處理什麼事，並不需要別人幫助。

人家說能力愈大責任愈大，所以認識了那些狀況不是很好的朋友，我當然沒有嫌棄她們，而是花時間傾聽她們，讓她們能有個宣洩出口。還有人說我就像張老師，她們說得太誇張了，我不過是為朋友兩肋插刀而已。

我沒辦法借她們什麼錢，但除了錢以外的問題，我幾乎都能解決，連我媽都說生了個聰明的女兒，當然她這麼說的時候，我都是很謙虛地回應：這沒什麼。

我才不會像采宜那個朋友般囂張，你看我雖然有能力做更好的工作，卻甘願窩在這兩萬多塊的工作也知道，我是個不求名利的人，日子過得去就好，有那麼多錢才會比較困擾吧，我很知足，非常知足。

但我有些朋友就不是這麼想，她們為了改變經濟狀況，有的還被包養！真是太可怕了，那樣的人生還有什麼意義可言？我當然也有阻止過，但沒辦法，她已經墮落到回不來了，入奢容易、入簡難啊！真可惜，原本是個很好的女孩，還有機會找個好男人疼的，卻為了錢那種虛無的東西作賤自己，你說是不是？

我一直以為，采宜和我一樣是個知足的人，她只是運氣有點不好，有個甩不掉的囂張朋友，想不到她也會為了嚮往成為我這樣的人，而過起了雙重生活啊，她要是早點告訴我就好了，這樣她也不用隱藏起來，我一定會支持她啊！有人能崇拜我，那是件令人開心的事。

什麼？你在她的手機裡找到那個童話外傳的最後一句結局？她上次不是說完了嗎？還有一句？

「然後，老婆婆在彼岸裡變成了她曾經最鄙視的人，必須用盡各種骯髒手段，才有辦法生存。」

什麼啊，好爛的結局。巫婆不是要在彼岸和老婆婆一決高下嗎？寫下這種結局，就代表了她還是那個懦弱無能的她，只能靠這種方式宣洩而已啊！

她以為我不知道嗎？那個故事就是在說我們兩個！我早就聽出來了，以我這種高人一等的智商還聽不出來，那這世界也沒人知道了。

用這種拙劣的比喻反諷我，虧我平常對她那麼好，她居然拿錢羞辱我，帶我去吃那種餐廳就算了，還用這種故事詛咒我，人家說好心被狗咬一點也沒錯！

抱歉，我有點激動了。

本來在你這個不熟的人面前，我不好意思講什麼，但現在我忍不住了。

三月十九日那天，她算是與我攤牌了吧，用這個她不知道想了多久的故事。她那麼愛模仿我，能想出這種已經很了不起了。

真是愈想愈火，剛剛最後一句結局不是在詛咒我，是在說她自己吧？她才是得用各種骯髒手段才能活下去的人啊。

別以為我不知道，每次出來她常常有很多電話都不接或是掛掉，問她是誰她都顧左右而言他。有次我假裝要去廁所，才發現她都是趁那個時候回電的，內容一聽就知道是在幹嘛，而且講話方式也和平常的她不一樣，完全變成我們討厭的那種，講話聲音又細又假的女生。

等我回來後，她又裝得一副什麼都沒發生的樣子。

若不是在推特上認識了Ninin，我還真不知道自己會被抄襲到什麼程度呢。她完全就是抄我的形象！

哼！她那個故事，在說我很愛看別人的悲劇，這是什麼樣的人才會有的癖好啊，我並沒有喜歡看，我只是很好奇把人生活成這樣的人，最後會有什麼結局而已，就像看小說一樣啊，故事必需有結局。

不覺得她把我講得討厭又高傲嗎？高傲這點也許是有一點，每次和這種人生不美滿的人在一起，多少都有一點優越感很正常，還會有一種「我家真幸福、真是太好了！」的感覺，所以我才說我很知足啊。

而且，如果沒有我當她的垃圾桶，她可能早就瘋了、自殺了，我媽也說那種孩子真可憐，這一生沒有去殺人放火就很好了，簡直是社會上的未爆彈，人格一定比我們想得還要扭曲。

對啊，我前面說了我和我媽就像姊妹吧，我們無話不聊，所以我都會跟她分享我的朋友今天又說了哪些事。每天晚上酒足飯飽，我們母女就會聊天，時間久了，我媽也會知道我那些朋友們的狀況如何。

她也覺得我是在做善事，當然這個社會上有這種家庭背景的人太多了，我也只能穩住幾個，讓她們不要崩潰到去做傷害別人的事。

你這話講得就不動聽了。

什麼叫做我根本沒把她們當朋友，只是當作笑話看？沒有我，她們會很孤單、很可憐，沒有我，她們連一起放鬆吃飯的朋友都沒有。

別把我跟馮品優相提並論，她那種愛炫耀生活的人膚淺得要命，怎麼能和我這種生活的人比？對她來說只要有物質就是最厲害了吧？但她不知道很多東西是錢買不到的。

我說啊，她現在剛熱戀就馬上決定結婚，跟那些小模剛入演藝圈沒多久就馬上倒貼富商有什麼兩樣？等人家玩膩了還不是會離婚，所以我一點也不懂她到底在炫耀什麼。

嗯？這些當然都是我從她的社群上看到的啊。

自從加了她的社群後，我每天都被她那一堆拍食物打卡高級餐廳的行為給洗版到很煩，我一點也不想看啊，可是如果就這樣把她刪掉，不是顯得我很在乎嗎？

不提這個了。

采宜她還在手機裡打了什麼？你把手機給我看看。

沒帶？你不會是想侵占私人物品吧？我可是能幫采宜報警的喔，說你不但闖進她家，還拿著她的手機四處詐騙。

警察？隨便拿個電話號碼我就會相信嗎？好啊，我會打給他，我說過了吧，采宜處理事情那套，全都是從我這裡學的，你就回家等警察找你吧，不送。

閔博智（35）Ⅱ，朋友的未婚夫。

小采的消息有著落了嗎？

抱歉，跟你約在餐廳不介意吧？從早上一直在忙公事，結果到現在下午四點了還沒吃午餐。

別看我這樣，對待公事我可是很認真的。

原來還沒有消息啊，那你又為什麼跟我聯絡呢？我記得我已經把所有知道的事情全告訴你了。

嗯？照片？什麼照片？這……她什麼時候拍了那種照片！

你還真是個不會看場合的人啊，我都說還沒吃飯了，也不等我吃完再拿給我看，現在食慾全失了。

我沒想到小采居然會拍那種照片，我明明告訴她，跟我見面的時候手機得關機，每次我也都檢查過，而且放在我的公事包裡才對。

之前說過像那她那種容易認真的女人，我不想碰也不想玩，為了怕她惹出一些不必要的麻煩，所以對她定下了很多規矩，只是沒想到她居然……你是在她手機裡發現的嗎？

那好吧，事情都已經被攤開，我不說的話，也沒意思了。你應該沒把這個照片拿給品優看吧？那就好，希望等等告訴你的事，你也能同樣保密。

我一直知道小采喜歡我，就算我最後和她的朋友在一起，她還是喜歡我，這點我能感受得到，即使她藏得很小心，而且也經常裝得對我很冷漠，但還是能從很多小地方看出來，比如她總是很害怕和我四目交接，一交接的瞬間，她就會臉紅。

這種清純的女孩，我之前從沒遇過。

上次我就說了，我對她滿有興趣的，但又有點怕會甩不掉。

直到她那次居然大膽地直接跑來我家找我，還拿出那本《再見，總有一天》的小說暗示……

「茶都快冷了，走吧。」

當我這麼說完要走時，她居然就直接在書房裡開始脫衣！我嚇了一跳，她的臉紅得要命，明明雙手都在發抖，卻執意解開一顆顆的扣子。

我想，她一定做好覺悟了。我刻意站在原地不動，好奇她的下一步。

因為從她拿出那本小說開始，此刻的她就和書中的女主角一模一樣，擅自闖入男主角家中，並脫光衣物，主動把自己當成禮物般獻上。

她真的這麼做了，我低著頭看著全裸的她解起我的扣子，笨拙得連皮帶也解不開，我終於等不及把她壓在地上，完成她的心願。

只能說她的身體果然是我收集過的女人中沒有的，那種高潮的感覺難以言喻，我還想要多探索她幾次，所以決定為她開個先例，而且你不覺得和女友的朋友發生關係，是一件很有情調的事嗎？

「我喜歡你。」

「我知道。」

「那你喜歡我嗎？」

「喜歡啊。」我頓了一下，「但是不能在一起喔，這樣也可以嗎？」

我馬上猜到清純的女孩總會誤會做了就能在一起，所以隨即說出但書。

「我知道，我沒想過那種事。」

「那妳想的是哪種？」

「只要還能像現在這樣，偶爾抱抱你就好。」

正合我意呢，是不是？她還真是愈來愈對我的胃了。

「以後我會用這個號碼打給妳，妳就去麥當勞那條路上的旅館等我，我都固定在 707 這個房號。快走吧，妳的好朋友隨時可能回來。」

她乖乖點頭、離開，如同一隻還沒開始調教就已經特別聽話的小狗。但我知道，她不可能一直這樣，所以第一次在旅館見面時，我就立下許多規矩。

「還好你沒拿出合約讓我簽，不然我以為我們已經改演《格雷》了。」

「我沒想到妳居然還會幽默。」

「從現在開始懂我也不遲。」她眨著眼睛，形象有那麼一點不一樣了，唯一不變的是，同樣害羞又敏感。

「如果妳一開始就展現這種個性的話，我也許會跟妳在一起。」

「是嗎？可是我這樣就很滿足了，而且，我並不符合你的模範人選。」

很奇怪，每次我和她出來私下見面時，她好像變成一個很懂男人的女人，可是三個人同時見面時，她又變回那個什麼都不懂的女孩，我對於她這樣的角色切換，愈來愈感興趣，她就像一個我新得到的玩具，連續一個月，我幾乎每天都跟她見面。

嗯？沒錯，即使如此，我還是沒想過要讓她浮上檯面，她老是讓我心癢難耐的原因，只是因為她很神祕而已，其他還是無法達到和品優一樣的標準，你要知道一個人對於時尚的品味，可不是現在給她一筆錢，她馬上學得來的。

我們只會在 707 號房見面，這是只有給她的規矩。一來是怕品優人脈那麼廣，被人看見的話，要是她真鬧起來就糟了，二來是我不認為她帶得出門。

可是，我並不討厭跟她聊天，別忘了，她是我遇過最聊得來的女孩。

「我有時很羨慕你，但不是羨慕你的錢和地位。」

「那是羨慕什麼？」

「我羨慕你總是知道自己要什麼，不只是你，品優還有我認識的其他人都是，你們總有一個信念，無論那個信念是好是壞，或追求的東西要付出多少代價……而我，卻像一只真空的瓶子，什麼東西都放不進來，因為我先天就覺得，自己什麼都擁有不了。」

「不相信自己，妳想說的是這個嗎？」

「嗯。但你，是我唯一主動爭取的人。」

「妳並沒有得到我喔。」

「我知道，所以我現在也開始在努力了，我學習著追求信念的各種方法，我正在往前，即使有點慢。」

「我很好奇，妳會為了爭取我，做到什麼程度？」

「也許會很瘋狂，也許到最後，還是什麼都做不了，你不是要結婚了嗎？」

「妳知道了？」

我忽然覺得很掃興，好不容易被她那些話又挑起的性慾消失得乾淨，我靠著枕頭點一根菸，等著她歇斯底里，就跟所有清純女孩會有的反應一樣。

「你知道嗎？我很謝謝你的出現，因為我這麼不起眼，你卻還是看見我了。」

有那麼一刻，我差一點就要為她這句話而感到一點心痛，是差一點，我從來不曾為了女人這種生物，有那麼一絲波動，她們對我來說只是收藏品，永遠都是。

「三月十九日，你願意跟我吃晚餐嗎？」

「我不是跟妳說過規矩了。」

「我知道，不會在這個房間以外的地方見面。」

「那妳還問？」

「就一次，也不行嗎？」

「不行。」

「我知道了。」

我以為她該死心了，可想不到的是她居然在那一天又打電話來煩我，說做了佛跳牆，我那天有心軟，才讓她拿去我家。

後來的你都知道了，我沒跟她碰上面，我猜她應該是遇到品優了，因為後來我們出去吃晚餐的時候，她的表情看起來很僵硬，也感覺得出她內心有股氣想發卻不敢對我發。

當天晚上，大概是吃完晚餐回家，品優剛好在洗澡時，她居然大膽到又用無號碼打電話來。

「妳再這樣我可能無法繼續跟妳下去，我說過了吧，要遵守規矩。」

「最後一個問題就好了，那個時候，在超商相遇的時候，我們還沒真正出來見面，用LINE聊天的那陣子……你有真的喜歡過我嗎？」

我很討厭女人問這種問題，每個被甩掉的女人，她們一開始都知道規則，卻總在要被甩掉的時候，問這種根本不需要回答的問題，不管我回答什麼，還有意義嗎？

愛過或沒愛過，都不重要吧，因為這一刻我們就是結束了。

「沒有吧。」

「彼岸花開的時候，就不會有葉子，有葉子的時候，就不會有花。所以想要那花如鮮血般綻開，就必須要捨去所有的東西，其中，也包括愛。」

「妳在說什……」

她那天，講完那段莫名奇妙的話之後就掛斷了，後來就再也沒有消息，我覺得有種不祥的預感，很擔心她會跑去告訴品優，壞了我們的好事。當然了這陣子我早就想好一套說詞，只是還是不要發生比較好。

我有再約她去一次707號房，她沒有去，還不讀不回，突然人間蒸發。

後來我從品優那知道了，她似乎失蹤好一陣子，我是不怕她為了我跑去自殺，那是她自己的事，只要她別去我的婚禮上鬧場，其他都無所謂。

嗯？我之前跟你說擔心她是真的喔，我原本想找到她，讓她簽保密合約。不過依照她失蹤了這麼久，我看也是凶多吉少了。

其實很遺憾，她如果一直保持那副乖貓的樣子，我們的關係可以維持很久，因為她仍然是收藏品當中，最讓我喜歡的一個，跟她聊天的時光，的確是很放鬆。

不說了，我等等還有個會議要開，希望你別再來找我了。也勸你，最好別去告訴品優今天的對話，你要真去說了也無所謂，我說過早已有對策，我這人很不喜歡別人惹我，到時我可能會採取一些手段，你應該也不希望這樣吧？

錢元男（34）II，房東的兒子。

盛采宜到底是什麼樣的人？即使到了現在，我依然摸不透。

我甚至覺得，到現在為止的一切，會不會都是她計畫好的，在牆上寫下那聳動的文字，以及在手機的記事本裡，留下那七段意義不明的字句。

色慾——自食惡果這四個字，很快就會成為你人生的句點。

暴食——妳終將會被自己暴食的慾望給吞噬。

貪婪——你的收藏慾望，一輩子也不會停止，為了得到彼岸花，你願意犧牲所有葉子。

懶惰——妳的一切，我很早就知道。ropp@gmail.com

憤怒——可笑的是，她最憤怒的對象該是自己，而不該是我。

妒嫉——用盡一生，拚命搶奪所有東西，只因為她的眼裡，容不下別人比自己耀眼。

傲慢——然後，老婆婆在彼岸裡變成了她曾經最鄙視的人，必須用盡各種骯髒手段，才有辦法生存。

這七宗罪的順序還用了但丁在《神曲》裡的順序，也剛好代表了跟她有關的每一個人的特徵。這世界上會有這麼巧的事嗎？

一開始我還看不懂這些七條附上的訊息，所以並沒有特別執著，直到採訪完每一個人，才忽然意識到可能有連結，進而找到了楊子真的推特，以及察覺到陸辰君這個一開始，我還以為是唯一善良的人，也許不如我所想得那麼單純。

盛采宜都知道。

這七個人為何會在她身邊的原因，她都知道了，也許知道很久，也許是這一陣子，無從得知。

如果單純一點想，可以認為，她看透了這個世界，再也待不下去，可能去哪從頭開始，也可能去她一直提到的彼岸，了結自己。

她真的去了彼岸嗎？

我待在她的房間，試著尋找漏掉的地方，這陣子每探訪完一個人，我都會回到這裡，天真以為每遇到一個人，我對她的了解就會更清楚，沒想到只是把我一再推進解不開的死胡同裡。

她真的模仿了陸辰君嗎？她真的那麼懦弱嗎？又或者，她真的那麼放蕩地沉淪在情慾的世界？我看不懂她是誰，因為那個總是露出一點膽怯微笑的她，才是我認識的她。

阿德勒心理學曾提到過，要判斷一個人的人生風格，最基礎的方式就是從這個人的動作和姿勢判斷，很顯然的，盛采宜可以抹去所有習慣的動作，輕易在不同的人面前，扮演不同的人生。

既然她已經決心離開，又為什麼要刻意留下這有如犯罪現場般謎樣的房間呢？難道她知道我有看推理小說的興趣？她知道我會因為好奇而展開搜索行動？好把她失蹤的訊息，順利傳達給每個人，甚至揭開那些人在她面前隱藏的祕密？

不可能，再怎樣也算不到這一步的，我就只是個家裡蹲，而且又稍微有點多管閒事而已。

在牆上用口紅寫下這段話的動機，一定還有別的原因，她想讓人知道她自殺，然後讓所有用惡意對待她的人，害怕和後悔？

還選在同一天，對每個人都傳達了彼岸的訊息……不對，有一個人她沒有提到，只有這個人，她沒有對她在三月十九日那天提起彼岸。

那就是馮品優。

馮品優在那天很意外地出現，盛采宜根本沒有料到她會在家，還惡劣地羞辱她一頓。

算起來，馮品優是唯一不在三月十九日那天，盛采宜預定要見面的人。感覺她和很多人在那天告別，只有馮品優被排除在外。果然，如我所料，她最恨的人還是馮品優，而她若真死了，第一個想報仇的人也是她吧。

人生從一開始就已經不太順利的盛采宜，偏偏遇上一個嫉妒自己的人，把一團糟的世界，再變得更加悲慘。

我不是很懂馮品優的心態，她什麼都有，又有什麼好自卑、好羨慕的，就如同但丁裡所說，因為對方擁有的資產比自己豐富而惱恨他人——簡直愚蠢。

那麼盛采宜若消失了，她的人生意義是不是也不見了？她少了一個比較與憎恨的人，那該有多空虛啊。

不過我倒覺得她和閔博智很相配，兩人各取所需、互相配合到了近乎完美的程度。

除了在盛采宜的手機內發現這七宗罪的祕密，我還在書櫃中找到一篇很像是她自己所寫的童話小說。

說童話只是美化了，那個被冰封在牆裡的女孩，一開始覺得很可憐，最後竟然想用自己的鮮血融化冰牆，不會太不自量力嗎？

她也許，某種程度上，是用女孩比喻自己，所以她真的這麼做了嗎？用放血的方式，解決所有痛苦。

提到鮮血，我這才注意到書櫃裡有一本小說的名字，也和血有關，叫《像血一樣紅》，真是詭異的小說。

粗略翻了幾頁，忽然從裡頭掉出一張原本夾在裡頭的紙，攤開一看，又是一個看似隨筆寫的小說。

不看還好，一看就發現她居然把她身邊的七個人，全都變成了小說裡的一角，乍看很有童話故事的風格，不出所料，總是在最後變得很扭曲。

其實，我滿同情她的。

一個人承受了這麼多不公平與不幸，沒瘋已經很好了，若有憂鬱傾向的話也不意外，但我還是不願意相信，她真的為了這些沒有真心對待她的人，而做出自我了結的傻事。

很多推理小說的故事，到了結尾也有相同的哀淒感，那些為了故事精彩度而設定的各種悲慘人生，有時也是一種對比寫照，就像陸辰君愛看別人的悲劇一樣，那的確會讓人感覺到自己所在的安全區有多幸福。

然而並不全是這樣的，在這七個人裡，不全然每個人都不真心，只是他們全被她擋在了門外，才慢慢變質。

思考太久，我感到有點昏昏欲睡，一下子就昏睡過去，僅睡了不到半個小時的時間，作了一個夢。

那似乎是個很重要的夢，只是我一清醒，所有的畫面都如同煙霧般散去，怎麼抓也抓不回來。

盛采宜寫的短篇小說掉在地上，我正要伸手去撿，殘留的夢境在腦海閃過些許畫面，忽然給了我很大的靈感。

我又再看一次小說，把兩個章節都重看一遍。

我好像知道盛采宜提到的彼岸在哪裡了，可是在那之前，我還得再去找馮品優一次，還有些東西要確認。

沒錯，現在只能找她了，只有她知道。

馮品優（28）Ⅲ，朋友B。

到底煩不煩啊！是要來找我多少次你才甘願？我都跟你說了沒空，居然還唐突跑來，我可以告你騷擾！咳咳！

她又不是整天跟我膩在一起，我已經把所有知道的事情全告訴你了！

我只給你十分鐘，說完了就快滾！

什麼？過年的事？這種事你不是早就問過了嗎？

那個時候為什麼約她？這種事要講幾次啊，我不是說了，是因為我不爽我爸要跟他女友一起過，所以才賭氣的嗎？那個時候要不是因為我不想讓班上的其他人知道，我居然沒地方可以過年，所以才約她，同情什麼的只是藉口，誰要同情她啊，而且那天晚上我也不覺得有多快樂，反正人只要有錢，要多少快樂的玩伴都有。

隔年我就跟同事過了沒錯，但跟同事過年這種事很正常，大家都以為我是一個人出來外面住，玩野了不想回家，完全不會有人覺得我怎樣，我們不是還一起出國了嗎？

我前陣子開始冷落她的原因？

我真的快要受不了了，憑什麼你想玩偵探遊戲，我還要陪你在這瞎起鬨？怎麼，難道我已經講過的事，還會變成不一樣的事嗎？這些瑣事我騙你要幹嘛？

我冷落她是因為她自以為變漂亮了，學些化妝，還就真的以為自己從麻雀變鳳凰，我真搞不懂這種心態是什麼，想想還覺得可憐。她啊、就是一直這麼可悲。不、搞得別人因為她失蹤而像你一樣東奔西走，她應該開心死了。

因為，總算有個人在意、關心她了，即使這個人只是她的房東。

嗯？三月十九日那天晚上，我怎麼知道從車窗外看到的是她？那個時候的確天已經黑了，但你當我老公的車子是都沒有車燈嗎？而且她長得那麼討人厭，想要沒注意到也很困難吧。

對，我就是擔心老公會發現她才剛走不久，所以才那麼注意路邊的，那又怎樣？

你是失憶還是怎樣？我從上次就改口叫他老公了！可以問點有建設性的問題嗎？咳咳！

錢元男（34）Ⅲ，房東的兒子。

在決定再去找一次馮品優的路上，因為時序已經準備要進入夏天，即使已經五點半，天色還很亮，一點天黑的樣子都沒有。

我忽然想起很久以前的一部經典舞台劇《等待果陀》，這個舞台劇經典到這幾年台灣也有翻拍，故事本質是一樣的。

有兩個人在等待果陀，果陀始終出現在他們的談話中，可是直到落幕為止，果陀都沒有出現。果陀變成了一種希望的象徵，也變成了一條連繫兩個陌生人的繩索。

而盛采宜，這個在三月十九日以前，我經常能看見的房客，彷彿也變成了果陀。一個出現在七個人口中都不一樣的神祕女子，由她所引起的化學效應，讓這七個人分別扭曲成了七宗罪，而她這個暴風中心卻依然下落不明。

我仍想不起在她房間睡著時，確切做了什麼樣的夢，畫面斷斷續續的，好像我在夢裡也在尋找著什麼人。

但我想那會是一個提示，只是我不知道這個提示會把我引到怎樣的結局，當一個偵探只差一步就能豁然開朗，是不會為了未知而感到恐懼的。

我得再找一次馮品優，一定得去。

「真的很抱歉，我也不是故意要一再來打擾妳，只是我真的還想再問妳幾個問題，這次真的問完就不會再來。妳是正要出門嗎？還是在等閔先生回來一起吃晚餐呢？啊、太好了，謝謝妳願意再給我十分鐘，我問完馬上就走。」

她比我想得還要憤怒，我發現除了第一次見面的時候，她態度雖然高傲，但還不至於這麼焦躁，可接連第二次、第三次來找她時，卻愈來愈易怒。

除了她說的感冒還沒好之外，她右手上的繃帶，從上次到現在都還沒有拆掉。我總是有個很不好的預感，在第一次見面到第二次見面之間，她發生了什麼事，居然右手受了那麼嚴重的傷，而她和閔博智卻始終沒有提起？

我瞥了眼時鐘，目前是傍晚六點，我猜再過不久，閔博智就會回來了，我很想拖到那個時候，這樣我就可以順便看看這兩個人之間的氣氛。

「是的，因為過年的事情對我來說印象滿深的，但總覺得那裡面其實藏了她可能去哪裡的線索，但我忘了錄音，真的很抱歉得請妳再說一次。」

她講話的速度比之前又快了很多，喉嚨那麼沙啞又講這麼快，應該很痛才對。以她的個性，應該是屬於不喜歡受傷忍痛的人，是什麼原因，讓她現在甘願這麼做？

我在她說話的同時，偷偷打量這間屋子，我覺得很忐忑，在來之前雖然就已經做好心理準備，但我還不知道要不要拆穿馮品優。對，我懷疑，在這段時間內，盛采宜恐怕已經被滅口了。

而且有部分的原因，有可能是我害的。

如果不是我來探訪了馮品優，讓她意外得知盛采宜目前的狀況，以她對盛采宜的了解，她一定知道她會躲去哪裡。我來就是為了要突破這點，也許現在去找還來得及，又或者乾脆在這裡和她攤牌……

「那麼，妳前陣子冷落她的原因呢？」

她的臉，雖然有一半都藏在口罩之下，但還是看得出她依然堅持畫妝，並且，根本無暇觀察我到底有沒有在偷瞄屋子，因為她自己也有點坐立難安，一直在偷看手錶的時間。

我注意到，她今天是戴著經典款的錶，和之前招搖的最新款不一樣。

「你在看什麼？」她忽然停下，瞇起眼睛瞪著我。

「不是……我……就是在看妳今天戴了這牌子的經典款，很驚訝，因為妳不是一直都……」

「都怎樣？戴最新的？哼，像你這種不懂時尚的阿宅，根本沒資格對我品頭論足。怎麼？還有什麼問題嗎？」

「童話！我想起來了！」

「你在說什麼啊？」

「不是，我終於想起下午睡午覺時，作了什麼夢，又是童話故事，是小紅帽啊！難怪我醒來後也覺得我在夢境裡找人，難怪我……」

我吞了吞口水，沒把話繼續往下講，時間來到六點十分。可是馮品優的手機沒有響，閔博智也沒有回來，我猜也許他又因為什麼客戶而晚歸，肯定是這樣的，沒錯……

「我沒什麼問題想問的了，先告辭吧。」

「所以，你知道她在哪了嗎？」

「誰？」

「不就是你一直在找的盛采宜嗎？」

「噢！是這樣沒錯，但這個偵探遊戲也玩得有些膩了，我看找人這種事，還是交給專業的警察比較好，當然，前提是她的家人有要報警嘛，哈哈哈！」

我轉身，腳步和進來時一樣，不慌不忙、不紊亂，那扇看起來依然很高級的門，離我，只剩下幾步之差。

「阿男，你還真的是像萍姨整天念你的一樣，實在太愛多管閒事了呢！」

獨白（三）

於是，我沿著足跡，一一找到了那些人，但最後我只帶走了，最初和最後出現在我生命的人去彼岸，也順便邀請了小紅帽加入旅程。

彼岸花開了，開得比我想得還要美，修羅路上充滿了鮮血帶來的黏膩感，卻也同時讓人安心，因為在這個世界裡，這次的童話終於可以完美地讓人傳唱下去了。

—全文完—

後記

本書寫於二〇一七年，當時的我深深喜歡著《本店招牌菜》和《追想五斷章》兩本書，甚至覺得推理小說寫到這種境界，是個經典。也因如此，才會有這本書的誕生，我也想試著寫看看，在結尾揭露結局的手法。

當時小說是寫完就直接立刻上傳到 POPO 連載，原本想著應該會乏人問津，沒想到後面竟然莫名地讓一個又一個的陌生讀者，激起想要破解結局的慾望，在看了好幾遍的情況下，他們甚至還約同學、朋友一起看、一起解。

我其實是很訝異會有這樣的效果，因為我並沒有打算像東野圭吾的《誰殺了她》、《我殺了他》那樣，向讀者下挑戰書的。原意真的不是如此。所以我還一度認為自己是不是寫作功力太差，才會讓人看不懂結局。

後來過了段時間，就覺得那就將錯就錯吧，讓人猜不透、又好像猜透的懸疑感，像極了那彼岸。好像有人見過，但事實上誰也不知道彼岸是否存在。

其實編輯審稿完，也有相同疑惑，不確定這個結局是不是如自己所猜想的那樣。那麼就當作是那樣吧！我永遠不會解答的，答案都在最後了——你，猜到了嗎？彼岸就在不遠處。

此後記寫於二〇二三年十月十三日黑色星期五。

要推理113　PG2954

要有光 FIAT LUX　彼岸童話

作　　者　A.Z.
責任編輯　陳彥儒
圖文排版　黃莉珊
封面設計　王嵩賀

出版策劃　要有光
發 行 人　宋政坤
法律顧問　毛國樑　律師
印製發行　秀威資訊科技股份有限公司
114台北市內湖區瑞光路76巷65號1樓
電話：+886-2-2796-3638　傳真：+886-2-2796-1377
http://www.showwe.com.tw
劃撥帳號　19563868　戶名：秀威資訊科技股份有限公司
讀者服務信箱：service@showwe.com.tw
展售門市　國家書店（松江門市）
104台北市中山區松江路209號1樓
電話：+886-2-2518-0207　傳真：+886-2-2518-0778
網路訂購　秀威網路書店：https://store.showwe.tw
國家網路書店：https://www.govbooks.com.tw
總 經 銷　聯合發行股份有限公司
231新北市新店區寶橋路235巷6弄6號4F
電話：+886-2-2917-8022　傳真：+886-2-2915-6275

出版日期　2023年11月　BOD一版
定　　價　280元

讀者回函卡

Printed in Taiwan

國家圖書館出版品預行編目

彼岸童話 / A.Z.著. -- 一版. -- 臺北市 : 要有光, 2023.11
面； 公分. -- (要推理 ; 113)
BOD版
ISBN 978-626-7358-09-2(平裝)

863.57 112017523